Enid Blyton

LOS CINCO

Los Cinco en el Páramo Misterioso

¿Ya tienes toda la colección de LOS CINCO,
de Enid Blyton?

Enid Blyton

LOS CINCO

Los Cinco en el Páramo Misterioso

ILUSTRADO POR **MARINA VIDAL**

Editorial EJ Juventud

Provença, 101 – 08029 Barcelona

Título original: *Five go to Mystery Moor*

Autora: Enid Blyton, 1954
La firma de Enid Blyton es una marca registrada de Hodder & Stoughton Ltd.
© Hodder & Stoughton Ltd, 2013

© de la traducción española:
EDITORIAL JUVENTUD, S. A., 1968
Provença, 101 - 08029 Barcelona
www.editorialjuventud.es / info@editorialjuventud.es

Ilustraciones de MARINA VIDAL

Traducción de María de Quadras
Décimo novena edición, 2003
Texto actualizado en 2016

Primera edición en este formato, 2016

ISBN 978-84-261-4304-4

DL B 15327-2015

Diseño y maquetación: Mercedes Romero
Núm. de edición de E. J.: 13.144

Impreso en España - *Printed in Spain*
Impreso por Impuls 45

CAPÍTULO 1

En los establos

—Llevamos aquí una semana y no he hecho más que aburrirme —dijo Jorge.

—No es verdad —dijo Ana—. Te has divertido mucho cuando montamos a caballo y también cuando visitamos las cuadras.

—¡Te repito que para mí todo ha sido un aburrimiento! —vociferó Jorge—. Si lo sabré yo... Lo que más me molesta es esa insoportable Enriqueta... ¿Qué pinta esa chica aquí?

—¡Ah, Enrique! —exclamó Ana riendo—. Pensé que te llevarías bien con una chica que también preferiría ser chico y actúa como si lo fuera.

Las dos niñas estaban sentadas en un pajar comiendo bocadillos. A su alrededor estaban los caballos que habían montado durante esa semana y que habían cuidado. Algo más allá había un viejo picadero con un gran rótulo en la puerta:

«Escuela de equitación del capitán Johnson».

Ana y Jorge llevaban allí una semana. Julián y Dick estaban en un campamento con otros compañeros de su colegio.

Había sido idea de Ana. Le gustaban mucho los caballos, y había oído hablar tanto a sus compañeras de clase de lo divertido que era pasar unos cuantos días en los establos, que había decidido ir ella también.

Jorge había ido de mala gana y enfadada porque Julián y Dick se habían marchado sin ella y sin Ana. ¡Se habían ido de campamento! A Jorge le habría gustado ir con ellos pero las chicas no podían ir a ese campamento. Era solo para los chicos del colegio de Julián y Dick.

—Es una tontería que sigas enfadada por no haber podido ir de campamento con ellos —dijo Ana—. A los chicos les gusta ir solos de vez en cuando.

Jorge no pensaba lo mismo.

—¿Por qué? Yo puedo hacer todo lo que Dick y Julián hacen —afirmó—. Puedo trepar y escalar, ir en bici, hacer excursiones tan largas como ellos y nadar. Podría ganar a muchos chicos en todo eso.

–¡Enrique dice lo mismo! –exclamó Ana echándose a reír–. Mírala, ahí viene..., dando zancadas como siempre, con las manos en los bolsillos y silbando como un mozo de cuadra.

Jorge frunció el entrecejo. Esta rivalidad entre Enrique y Jorge, a pesar de que las dos tenían las mismas ideas, divertía a Ana. El verdadero nombre de Jorge era Jorgina, pero ella solo respondía cuando se la llamaba Jorge. El verdadero nombre de Enrique era Enriqueta, pero ella contestaba únicamente cuando la llamaban Enrique, o Quique sus mejores amigos.

Tenía más o menos la misma edad que Jorge y también llevaba el pelo corto. Pero no lo tenía rizado.

–Es una pena que tengas el pelo tan rizado –decía compasivamente a Jorge–. ¡Es tan femenino!

–¡Qué tontería! –respondía secamente Jorge–. Hay muchos chicos con el pelo rizado.

Lo que más molestaba a Jorge era que Enriqueta montaba a caballo maravillosamente y había ganado muchas copas. Jorge no se había divertido aquella semana en la escuela de equitación porque, por primera vez en su vida, otra chica la había superado. Se exasperaba cuando veía a Enriqueta caminando a zancadas y silbando. Y haciéndolo todo tan rápidamente y bien.

Ana no podía dejar de reírse; especialmente cuando las dos rivales se empeñaban en no llamarse la una a la otra Enrique y Jorge, sino por sus nombres verdaderos: Enriqueta y Jorgina. La consecuencia era que ninguna de ellas respondía cuando la llamaba la otra. El capitán Johnson, el alto y fornido propietario de la escuela de equitación, estaba harto de ellas.

–¿Por qué hacéis estas tonterías? –les preguntó una mañana, al ver las agrias miradas que se dirigían durante el almuerzo–. ¡Parecéis dos colegialas idiotas!

A Ana le hizo gracia la expresión. Las dos chicas odiaron en aquel momento al capitán Johnson. A Ana le daba un poco de miedo. Tenía mal genio, hablaba a gritos y no soportaba ninguna tontería. Pero era muy bueno con los caballos, y también sabía reírse como el primero.

Él y su esposa alojaban a niños y niñas durante las vacaciones. Los hacían trabajar de firme, pero los niños siempre se lo pasaban estupendamente.

–Si no hubiera sido por Enrique, lo habríamos pasado la mar de bien esta semana –dijo Ana a Jorge, recostándose en el almiar–. El tiempo ha sido perfecto para ser abril, los caballos son estupendos y tanto el capitán como su esposa me han encantado.

—Me gustaría que los chicos estuvieran aquí –dijo Jorge–. Enseguida habrían puesto a la estúpida Enriqueta en su sitio. Si lo llego a saber, me quedo en casa.

—Podrías haberlo hecho –dijo Ana, algo molesta–. Nada te impedía quedarte en Villa Kirrin con tu padre y tu madre. Pero preferiste venir aquí conmigo hasta que los chicos volvieran del campamento. No sé por qué tienes que quejarte tanto si las cosas no salen exactamente como tú deseas. Con tu mal humor me amargas a mí las vacaciones.

—Lo siento –dijo Jorge–. Ya sé que estoy insoportable. Pero echo de menos a los chicos. Siempre pasamos juntos las vacaciones y es raro estar sin ellos. Pero hay una cosa aquí que sí me gusta. Te alegrará saber…

—Ya sé que dirás –exclamó Ana riendo–. Lo que te gusta es que *Tim* no quiera saber nada de Enrique.

—De Enriqueta –corrigió Jorge, haciendo una mueca–. Sí, *Tim* tiene sentido común y no la puede soportar. Ven aquí, *Tim*. Deja de husmear esas madrigueras de conejos y ven a descansar un rato. Esta mañana has corrido mucho cuando sacamos a los caballos y has olfateado centenares de madrigueras. Ahora ven a echarte aquí.

Tim se apartó de mala gana de la madriguera y se echó junto a las niñas. Lamió a Jorge, y esta le acarició.

–*Tim*, estábamos diciendo que has demostrado ser muy inteligente al no querer ser amigo de la horrible Enriqueta –dijo Jorge.

Un repentino codazo de Ana la hizo enmudecer. Una sombra se proyectó sobre ellas: alguien se acercaba por detrás.

Era Enriqueta. En su cara se podía ver que había oído el comentario de Jorge. Enriqueta le entregó un sobre y le dijo secamente:

–Una carta para ti, Jorgina. Te lo he traído por si se trata de algo importante.

–¡Oh, gracias, Enriqueta! –dijo Jorge, tomando el sobre.

Lo abrió y, después de leerlo, lanzó una exclamación de contrariedad.

–¡Mira! –dijo a Ana, entregándole la carta–. Es de mi madre.

Ana tomó el papel y lo leyó.

«Tendrás que quedarte una semana más. Tu padre no se encuentra muy bien. Un beso. Mamá».

–¡Qué mala suerte! –dijo Jorge frunciendo el ceño como de costumbre–. Ya habíamos planeado volver a casa dentro de un par de días y esperar los chicos ahí, en Kirrin. Y ahora tenemos que quedarnos una semana más. ¿Qué le habrá pasado a papá? Seguro que solo tiene dolor de cabeza o algo parecido, y no quiere que vayamos a molestarle alborotando y haciendo ruido por la casa.

–Podemos ir a mi casa –dijo Ana–. Bueno, solo si no te importa que esté todo un poco patas arriba porque están haciendo obras.

–No, Ana. Sé que prefieres quedarte aquí con los caballos. Además, tus padres están fuera. Nosotras no haríamos más que estorbar. Tendremos que pasar otra semana sin los chicos. Ellos seguramente se quedarán en el campamento.

El capitán Johnson dijo a las niñas que podían quedarse, pero que tal vez tuvieran que acampar fuera de la escuela si llegaba alguna niña más, y que esperaba que eso no fuera un problema.

–Al contrario –dijo Jorge–. Ana y yo tenemos ganas de estar solas. Además, tenemos a *Tim*. Con tal que podamos venir a comer y seguir trabajando con ustedes nos encantará vivir aparte.

Ana contuvo una sonrisa. Lo que Jorge deseaba era ver a Enriqueta lo menos posible. Pero sí, sería divertido acampar fuera si hacía buen tiempo. El capitán Johnson les podría dejar una tienda de campaña.

—Mala suerte, Jorgina —dijo Enrique—. ¡Qué mala suerte! Sé que aquí te aburres horriblemente. Es una lástima que los caballos no te gusten. Es una lástima que...

—¡Cállate ya! —exclamó Jorge abruptamente, saliendo de la habitación.

El capitán Johnson miró a Enriqueta, que estaba ante la ventana, con las manos en los bolsillos y silbando.

—¡Chicas! —dijo el capitán sacudiendo la cabeza—. ¡A ver si os comportáis! Siempre imitando a los chicos y adoptando sus modales. ¿Por qué no imitáis a Ana, mejor? ¡Os merecéis un buen tirón de orejas! ¿Ya habéis llevado al establo la bala de paja?

—Sí —respondió Enriqueta sin volver la cabeza.

En aquel momento entró corriendo un niño.

—Señor, fuera hay un niño que quiere verle. Trae un caballo pinto muy roñoso. Dice que tiene una pata mala y que usted le puede ayudar.

—Bien, va voy —dijo el capitán Johnson.

El capitán salió seguido por Ana, que no deseaba quedarse sola con la encolerizada Enriqueta. Fuera estaba Jorge con el niño y un sufrido caballo con la piel acribillada de picaduras de pulga.

—¿Qué le ocurre esta vez a vuestro caballo? —preguntó el capitán Johnson mientras observaba la pata del animal–. Tendréis que dejarlo aquí para que yo pueda examinarlo.

–No puedo dejarlo, señor –dijo el niño–. Nos vamos otra vez al Páramo Misterioso.

–Pues lo tienes que dejar –insistió el capitán Johnson–. Vuestra caravana no podrá ir con las otras porque este caballo no puede andar. Si obligáis a trabajar a este pobre animal antes de que esté curado, avisaré a la policía.

–¡No, por favor! –suplicó el niño–. Mi padre dice que tenemos que irnos mañana.

–¿Por qué tanta prisa? –preguntó el capitán Johnson–. ¿Vuestra caravana no puede esperar un día o dos? El Páramo Misterioso estará en el mismo sitio dentro de dos días... Además no sé por qué queréis ir a un lugar tan desolado... No hay ni una granja ni una casa de campo en varios kilómetros a la redonda.

–Dejaré el caballo –dijo el niño, acariciando el hocico del animal. Era evidente que lo quería mucho–. Mi padre se enfadará, pero las otras caravanas pueden salir sin nosotros. Ya las alcanzaremos.

Hizo una especie de saludo al capitán y su figurita menuda y curtida por el sol desapareció. El caballo permaneció inmóvil.

–Llevadlo al establo pequeño –dijo el capitán Johnson a Jorge y a Ana–. Enseguida iré a verlo.

Las niñas se llevaron al caballo.

–El Páramo Misterioso –dijo Jorge–. ¡Qué nombre tan extraño! Los chicos se habrían emocionado al oírlo. Enseguida habrían decidido ir a explorarlo.

–Desde luego –dijo Ana–. Ojalá estuvieran aquí. Pero yo creo que les gustará quedarse unos días más en el campamento... Ven, caballito, ven. Aquí está el establo.

Después de dejar al animal en el establo y de cerrar la puerta, las niñas emprendieron el camino de vuelta. William, el muchacho que había anunciado la llegada del niño con el caballo, las llamo.

–¡Jorge, Ana! Ha llegado otra carta para vosotras.

Las dos niñas corrieron hacia la casa.

–¡Oh, espero que sea mamá diciendo que papá está mejor y que podemos reunirnos con los chicos en Villa Kirrin! –dijo Jorge.

Rompió el sobre y lanzó un grito que sobresaltó a Ana.

–¡Mira, mira lo que dice! ¡Los chicos vendrán aquí!

Ana le arrancó la carta de las manos y lo leyó:

«Nos reuniremos con vosotras mañana. Si no hay sitio, acamparemos fuera. Esperamos que tengáis preparada una buena y emocionante aventura para nosotros. Julián y Dick».

—¡Vienen! ¡Vienen! —exclamó Ana, tan nerviosa como Jorge—. ¡Ahora sí que nos vamos a divertir!

—Qué lástima no poder ofrecerles ninguna aventura —dijo Jorge—. Aunque nunca se sabe...

CAPÍTULO 2

¡Julián, Dick... y Enrique!

Jorge parecía otra ahora que sabía que sus primos iban a llegar al día siguiente. ¡Incluso era amable con Enriqueta!

El capitán Johnson se rascó la cabeza cuando se enteró que iba a tener dos chicos más.

—No podrán estar en la casa más que a las horas de las comidas —dijo—. Todas las habitaciones están ocupadas. Tendrán que dormir en los establos o en una tienda de campaña. Donde quieran.

—Entonces ya serán diez —dijo su esposa—. Julián, Dick, Ana, Jorge, Enrique..., y John, Susan, Alicia, Rita y William. Quizás Enrique tendrá que acampar fuera también.

—¡Pero no con nosotros! —dijo Jorge inmediatamente.

—¡Qué poco amable eres con Enrique! —dijo la señora

16

Johnson–. ¡Y eso que tenéis gustos parecidos! Las dos preferiríais ser chicos y...

–¡No me parezco ni pizca a Enriqueta! –protestó Jorge, indignada–. Ya verá cuando lleguen mis primos, señora Johnson. A ellos no se les ocurrirá decir que Enriqueta es como yo. No querrán saber nada de ella.

–Tendréis que llevaros bien si os queréis quedar aquí –dijo la señora Johnson–. Bueno, voy a sacar algunas mantas. Los chicos las necesitarán, tanto si duermen en los establos como si pasan la noche en una tienda de campaña. Ayúdame, Ana.

Ana, Jorge y Enrique eran mayores que los otros cinco chicos que se alojaban en la escuela de equitación; pero todos, tanto los mayores como los pequeños, estaban emocionados por la noticia de la llegada de Julián y Dick. Jorge y Ana habían hablado tanto de las aventuras que habían pasado con ellos, que todos los consideraban unos héroes.

Aquel día Enriqueta desapareció después de la merienda, como si la tierra se la hubiera tragado.

–¿Dónde has estado? –le preguntó la señora Johnson cuando, al fin, la volvió a ver.

–Arriba, en mi habitación –dijo Enriqueta–. Limpiándome los zapatos y los pantalones de montar. Y me he cosido la chaqueta. Me ha dicho tantas veces que lo hiciera, que al final he tenido que hacerlo.

–Ya veo. ¡Te has preparado para la llegada de los héroes! –dijo el capitán Johnson.

Enrique frunció inmediatamente el entrecejo, como solía hacerlo Jorge.

–Nada de eso –replicó–. Quería hacerlo desde hace mucho tiempo. Si los primos de Jorgina son como ella, no nos llevaremos nada bien.

–Te caerán bien mis hermanos –dijo Ana alegremente–. Si no, será que la poco sociable eres tú.

–¡Qué tontería! –dijo Enriqueta–. Los primos de Jorgina y tus hermanos son las mismas personas.

–¡Has hecho un gran descubrimiento! –exclamó Jorge, burlona. Pero se sentía demasiado feliz para continuar aquella estúpida polémica y se marchó con *Tim*, silbando alegremente.

–Julián y Dick vienen mañana, *Tim* –dijo al perro–. Saldremos juntos los cinco como de costumbre. Estás contento, ¿verdad, *Tim*?

–Guau –aprobó *Tim*, moviendo la cola. Lo había entendido perfectamente.

A la mañana siguiente, Jorge y Ana consultaron los horarios de trenes que llegaban a la estación.

–Vendrán en este –dijo Jorge señalándolo con el dedo–. Es el único que hay esta mañana y llega a las doce y media. Iremos a recibirlos.

–Bien –dijo Ana–. Saldremos a las doce menos diez y nos sobrará tiempo. Los ayudaremos a transportar sus cosas, aunque no creo que traigan muchas.

–¿Podéis llevar los ponis al Campo de Espinos? –les gritó el capitán Johnson–. ¿Podéis con los cuatro?

–Sí, sí –respondió Ana, complacida. Le gustaba mucho ir al Campo de Espinos por el estrecho camino entre celidonias, violetas, prímulas y el fresco verdor de los arbustos de espinos floridos–. Vamos, Jorge. Llevemos a los ponis. Hace una mañana estupenda.

Salieron con los cuatro ponis y con *Tim* pisándoles los talones. *Tim* era de gran ayuda para el manejo de los caballos, especialmente en los establos, cuando había que sujetar a alguno.

Apenas se marcharon las niñas, sonó el teléfono. Era para Ana.

–Lo siento, pero en este momento no está aquí –dijo la señora Johnson, que fue quien atendió la llamada–. ¿Con quién hablo? ¡Ah, eres su hermano Julián! ¿Quieres que le diga algo?

–Sí, por favor –dijo Julián–. Dígale que llegaremos a

la parada del autobús de Milling Green a las once y media... Si pudieran venir ella y Jorge con alguna carretilla a buscarnos...! Llevamos una tienda de campaña muy pesada y otros trastos...

–Oh, os enviaremos una carreta. Tenemos una para eso, para ir a la estación o a la parada del autobús –dijo la señora de Johnson–. Jorge y Ana pueden conducirla perfectamente. Nos alegramos de que vengáis. Aquí hace muy buen tiempo. Seguro que os divertiréis.

–¡Claro que nos divertiremos! –exclamó Julián–. Muchas gracias por admitirnos en su escuela. No les causaremos ninguna molestia; de hecho los ayudaremos en todo lo que podamos.

La señora Johnson se despidió y colgó el auricular. Desde la ventana vio pasar a Enriqueta, mucho más arreglada y aseada que de costumbre. La llamó y le preguntó:

–¡Enrique! ¿Dónde están Jorge y Ana? Julián y Dick llegarán a la parada del autobús de Milling Green a las once y media y les he dicho que Ana y Jorge irían a recibirlos. ¿Quieres avisarlas? Que lleven la carreta. Pueden engancharla a *Winkie*.

–Vale –dijo Enrique.

Pero luego recordó que Jorge y Ana se habían ido al Campo de Espinos con los cuatro ponis.

–¡Pero no llegarán a tiempo! –gritó–. ¿Voy yo a recogerlos con la carreta?

–Sí, Enrique, te lo agradecería –aceptó la señora Johnson, y añadió–: Tendrás que darte prisa. Se está haciendo tarde. ¿Dónde está *Winkie*? ¿Está en el campo grande?

–Sí –respondió Enriqueta.

Y salió corriendo hacia el campo grande.

Pronto estuvo el caballo tirando del carrito y Enriqueta en el asiento del cochero. La niña conducía hábilmente y se sonreía al pensar en la cara de tontas que pondrían Jorge y Ana cuando supieran que los chicos habían llegado sin que ellas se enterasen.

Julián y Dick estaban ya en la parada del autobús cuando llegó Enriqueta. Al ver la carreta, los dos la miraron con la esperanza de que una de las niñas fuera a recogerlos.

–No es ninguna de las dos –dijo Dick–. Debe de ser una chica que se dirige al pueblo. ¿Habrán recibido nuestro mensaje? Confiaba en que nos esperarían en la parada del autobús. En fin, esperaremos unos minutos más.

Acababan de volver a sentarse en el banco de la parada del autobús, cuando la carreta se detuvo ante ellos. Enriqueta los saludó.

–¿Sois los hermanos de Ana? –preguntó–. No pudimos pasarle vuestro mensaje así que he venido a buscaros en su lugar. ¡Subid!

–¡Oh! Muy amable de tu parte –dijo Julián, empezando a transportar su equipaje a la carreta–. Yo soy Julián y este Dick. ¿Cómo te llamas tú?

–Enrique –respondió Enriqueta, mientras ayudaba a llevar los paquetes. Los cargó y ordenó al caballo, con un simple grito, que no se moviera–. Me alegro de que hayáis venido –continuó–. Hay demasiados críos en las caballerizas. Estando vosotros será otra cosa. Creo que *Tim* se alegrará de veros.

–*Tim* es fantástico –dijo Dick, subiendo sus cosas.

–¡Ya está todo! –dijo Enriqueta, haciendo una amable mueca a los muchachos–. Ya nos podemos ir... ¿O preferís tomar un helado o cualquier cosa antes de ir para allá? No comemos hasta la una.

–No, vamos –dijo Julián.

Enrique se instaló en el puesto de conductor y tomó las riendas, mientras los muchachos ocupaban los asientos posteriores. A una orden de Enriqueta, *Wilkie* se puso en marcha a buen paso.

–¡Qué chico tan simpático! –dijo Dick a Julián a media voz–. Ha sido muy amable de venirnos a buscar.

Julián asintió con un movimiento de cabeza. Le había desilusionado que Ana y Jorge no hubieran ido a recibirlos con *Tim*, pero era un consuelo que al menos hubiera ido alguien a recogerlos. No habría sido nada agradable recorrer a pie el largo trecho, llevando el equipaje a cuestas.

Llegaron a los establos y Enrique los ayudó a descargar su equipaje. La señora Johnson les oyó llegar y salió a saludarlos.

—Pasad, muchachos. Os he preparado un ligero almuerzo, porque estoy segura de que habréis desayunado muy temprano. Deja las cosas aquí, Enrique. Si estos chicos han de dormir en las caballerizas no hace falta que entremos los paquetes en la casa. ¡Cuánto siento que Jorge y Ana no hayan regresado todavía!

Enrique desapareció con la carreta, mientras los dos chicos entraban en la acogedora casa y se sentaban a tomar una limonada con galletas caseras. Apenas habían comenzado a comer, Ana irrumpió en la habitación.

—¡Enrique me ha dicho que habíais llegado! ¡Siento no haber estado en la parada del autobús! Creíamos que llegaríais en el tren.

Tim llegó también a toda velocidad, moviendo frenéticamente la cola, y lamió a los dos muchachos, que

23

estaban abrazando a Ana. Finalmente llegó Jorge, radiante de alegría.

–¡Julián! ¡Dick! ¡Cuánto me alegro de que hayáis venido! Sin vosotros, esto es un aburrimiento. ¿Os ha ido a recibir alguien?

–Sí –respondió Dick–, un chico simpatiquísimo. Nos ayudó a llevar los paquetes a la carreta. Fue muy amable. No nos habíais hablado de él.

–¡Oh! Debe de ser William –dijo Ana–. Es demasiado niño todavía. No nos pareció interesante hablaros de los más pequeños.

–No, no es pequeño –dijo Dick–. Es un niño mayor..., y muy fuerte. ¿Por qué ni siquiera lo mencionasteis en vuestras cartas?

–Bueno –dijo Jorge–, sí que os hemos hablado de Enriqueta, una chica odiosa. Se cree que parece un chico y siempre va silbando. A nosotras nos da risa. También os reiréis de ella vosotros.

Una repentina sospecha asaltó a Ana.

–Ese chico que os ha ido a recibir, ¿os dijo su nombre?

–Sí. Me parece que ha dicho que se llamaba Enrique –respondió Dick–. Es un chico estupendo. Creo que seremos buenos amigos.

Jorge abrió desmesuradamente los ojos. No podía creer lo que estaba oyendo.

—¡Enrique! ¿Ella es la que os ha ido a recibir?

—Ella no: él. Es un chico de sonrisa encantadora.

—¡Pero si es Enriqueta! —gritó Jorge con el rostro rojo de ira—, esa chica odiosa de la que os he hablado, que quiere parecer un chico y se pasea silbando de un lado para otro. Se hace llamar Enrique en vez de Enriqueta, lleva el pelo corto y...

—Entonces se parece a ti, Jorge —dijo Dick—. ¡Caramba! Nunca hubiera creído que fuera una chica. Me ha caído bien el chico..., bueno, chica.

—¡Oh —exclamó Jorge, cada vez más furiosa—. ¡Es una estúpida! Os fue a recibir sin decirnos nada a nosotras y encima os hace creer que es un chico. ¡Lo ha echado todo a perder!

—No te entiendo, Jorge —dijo Julián—. Siempre te alegras cuando alguien te toma por un chico. Creía que ahora ya no le dabas tanta importancia a eso. No te enfades con nosotros por haberlo confundido con un chico y por pensar que es simpático. Bueno, simpática.

Jorge salió corriendo de la habitación. Julián sacudió la cabeza y miró a Dick.

—Hemos metido la pata —dijo—. ¡Qué tonta es esa

25

chica! Lo normal sería simpatizar con Enrique, ya que tiene las mismas ideas que ella. Bueno..., supongo que ya se le pasará.

–La situación será un poco difícil –dijo sencillamente Ana.

Y tenía razón. Iba a ser *muy* difícil.

CAPÍTULO 3

Husmeador

Apenas hubo salido Jorge de la habitación con el ceño fruncido, entró Enriqueta con las manos en los bolsillos del pantalón de montar.

–¡Hola, Enriqueta! –dijo Dick.

Enrique hizo una mueca.

–¿Ya os lo han dicho? Me puse muy contenta cuando vi que me tomabais por un chico.

–Incluso llevas los botones a la derecha –dijo Ana, notando este detalle por primera vez–. ¡Eres un caso, Enrique! Vaya dos, tú y Jorge.

–Pero yo parezco más un chico de verdad que Jorge –afirmó Enriqueta.

–Solo por el pelo –dijo Dick–. Tú lo tienes liso.

–No digas eso delante de Jorge –le advirtió Ana–. Sería capaz de cortárselo al rape, e incluso de afeitárselo.

–Bueno, de todas formas, Enrique fue muy amable de salir a recibirnos y habernos ayudado a cargar nuestras cosas –dijo Julián–. ¿Nadie quiere más galletas?

–No, gracias –respondieron Ana y Enrique.

–¿Tenemos que dejar alguna para ser bien educados? –preguntó Dick–. Son caseras y están buenísimas. Me las comería todas de un bocado.

–Aquí no es que seamos muy bien educados –dijo Enrique–. Ni tampoco exageradamente limpios. Si nos cambiamos los pantalones de montar para la cena, es porque se nos obliga... ¡Ah! Pero el capitán Johnson no se cambia los suyos.

–¿Hay alguna novedad? –preguntó Julián, dando fin a su limonada–. ¿Ha sucedido algo interesante?

–No, nada –repuso Ana–. Lo único interesante aquí son los caballos. Este lugar es muy solitario... Bueno, escuchamos el nombre del gran páramo que se extiende desde aquí hasta la costa y nos pareció extraño. Lo llaman el «Páramo Misterioso».

–¿Por qué? –preguntó Dick–. Seguro que es por algún antiguo misterio.

–¡Quién sabe! –dijo Ana–. Creo que ahora solo van allí las familias de trotamundos. Ayer vino aquí un niño con un caballo cojo, y dijo que su grupo se marchaba al Páramo Misterioso. No se entiende por qué quieren ir allí... No hay ninguna granja ni ninguna casa de campo.

–A veces, los gitanos trotamundos tienen ideas interesantes –dijo Enrique–. Me gusta su manera de dejar mensajes para los que les siguen... Los *patrin*, como dicen ellos.

–Sí, ya he oído hablar de eso –dijo Dick–. Colocan palos y hojas de un modo especial, ¿no?

–Sí –dijo Enrique–. El jardinero de mi casa me enseñó unos palos colocados junto a la verja, en la parte trasera del jardín, y me dijo que era un mensaje para los que pasaran por allí después que ellos. Y me lo tradujo.

–¿Qué significaba? –preguntó Julián.

–Pues significaba: «No pidáis nada aquí. No dan nada» –explicó Enrique riendo–. Por lo menos, esto es lo que dijo el jardinero.

–Podríamos preguntárselo al chico que vino con el caballo cojo –dijo Ana–. A lo mejor, nos enseña alguno de estos mensajes. Me gustaría aprenderlos. ¡Podría sernos útil algún día!

–Sí, y le preguntaremos por qué van al Páramo Misterioso –dijo Julián, poniéndose en pie y sacudiéndose las migas de la chaqueta–. Tendrán alguna razón para ir.

–¿Dónde se habrá metido Jorge? –preguntó Dick–. Sería una tontería que siguiera enfadada.

Jorge estaba en una de las cuadras, cepillando un caballo con tanta energía, que el animal daba muestras de inquietud. ¡Zis zas, zis zas! ¡Qué modo de manejar el cepillo! Jorge trataba de desahogarse, de calmar su indignación. No quería aguar la fiesta a los chicos ni a Ana, pero no podía disimular su furor contra aquella odiosa Enriqueta que había ido a recibir a Dick y a Julián, fingiendo ser un chico. Además, los había ayudado a cargar los paquetes, bromeando con ellos. ¡Y ellos se habían dejado engañar! ¡Qué tontos habían sido!

–¡Hola, Jorge! –dijo Dick desde la puerta del establo–. ¿Te ayudo? ¿Sabes que estás muy morena? ¡Y tan pecosa como siempre!

Jorge no pudo evitar una pequeña sonrisa y le alargó el cepillo.

–Toma: sigue cepillando. ¿Tenéis ganas de montar, Julián y tú? Aquí hay muchos caballos y podéis escoger.

Dick se sintió aliviado al ver que Jorge ya no parecía estar enojada.

–Sí, será divertido salir a caballo de todo el día. ¿Qué tal mañana, y lo aprovechamos para echar un vistazo al Páramo Misterioso? ¿Qué te parece?

—Muy bien —dijo Jorge, levantando un haz de paja—. Pero no iré si va esa chica —advirtió desde detrás del haz que llevaba en brazos.

—¿Qué chica? —preguntó Dick—. ¡Ah, ya sé! Te refieres a Enrique. Es que sigo pensando en ella como si fuera un chico, ¿sabes?... No, no vendrá con nosotros. Seremos los cinco como siempre.

—¡Entonces, estupendo! —exclamó Jorge alegremente—. Mira, aquí está Julián. ¡Échanos una mano!

A Jorge le parecía magnífico tener de nuevo a los dos chicos a su lado y bromear y reír con ellos. Aquella tarde salieron a pasear por el campo los cinco, y los muchachos contaron cosas del campamento. Era todo igual que siempre y *Tim* estaba tan encantado como los demás. Iba de uno a otro, lamiéndoles las manos y agitando violentamente la cola.

—Es la tercera vez que me has abofeteado con tu cola, *Tim* —dijo Dick esquivándola—. ¡Podrías mirar hacia atrás antes de dar los coletazos!

—¡Guau! —ladró alegremente *Tim*, dando media vuelta para lamer a Dick, azotando con la cola el rostro de Julián.

Crujieron las ramas de un seto a sus espaldas. Jorge se estremeció, segura de que se acercaba Enriqueta.

Tim ladró furiosamente.

Pero no era Enriqueta, sino el niño del día anterior. Su rostro mostraba que había estado llorando.

–Vengo a buscar el caballo –dijo–. ¿Sabéis dónde está?

–Todavía no está listo para caminar –le advirtió Jorge–. El capitán Johnson ya te lo dijo... Pero ¿qué te pasa? ¡Has llorado!

–Es que mi padre me ha pegado.

–¿Por qué? –preguntó Ana.

–Porque dejé aquí el caballo. Mi padre dice que solo necesitaba una untura y una venda. Tenía que irse hoy con las otras caravanas.

–No puedes llevarte a ese pobre animal –dijo Ana–. Todavía no está en condiciones de arrastrar una pesada caravana. No querrás que el capitán Johnson os denuncie a la policía por hacer trabajar a un caballo enfermo. Ya te lo advirtió.

–Sí, pero tengo que llevarme el caballo –insistió el niño–. Si vuelvo sin él mi padre me matará.

–Ya veo que no se atreve a venir él. Por eso te manda a ti –dijo Dick.

En vez de contestar, el niño se secó la cara con la manga de su chaqueta y sorbió aire por la nariz.

–Usa el pañuelo –le dijo Dick.

–Dejad que me lleve el caballo, por favor. Os digo que si vuelvo sin él, mi padre me matará.

Se echó a llorar de nuevo. Los niños se compadecieron de él. Daba pena verlo tan débil y flacucho. Y no paraba de sorber el aire por la nariz, como si husmeara.

–¿Cómo te llamas? –le preguntó Ana.

–Husmeador –dijo el niño–. Así me llama mi padre.

Desde luego, el nombre le cuadraba. ¡Pero qué hombre más horrible parecía!

–Pero eso es un apodo –dijo Ana–. ¿Cómo te llamas en realidad?

–Lo he olvidado –dijo Husmeador–. Dejad que me lleve el caballo. Mi padre me está esperando.

Julián se puso en pie.

–Iré a hablar con tu padre. Intentaré hacerlo razonar. ¿Dónde está?

–Allí –respondió el Husmeador, olfateando con más fuerza que nunca y señalando por encima de la valla.

–Yo también voy –dijo Dick.

Al fin, todos salieron por la puerta de la valla. En las cercanías vieron a un hombre de rostro moreno y aspecto rudo. Su cabello espeso y rizado estaba empapado de aceite. De sus orejas pendían dos enormes aros de oro. Al oír los pasos del pequeño grupo levantó la cabeza.

–Su caballo no puede andar todavía –dijo Julián–. Tendrá que esperar uno o dos días. Así lo ha dicho el capitán Johnson.

–Lo quiero ahora –replicó el hombre ásperamente–. Esta noche o mañana tenemos que ponernos en camino hacia el páramo. No puedo esperar.

–Pero ¿por qué tiene tanta prisa? –preguntó Julián–. El páramo no se moverá.

El hombre arrugó las cejas y balanceó su cuerpo, apoyándose primero en un pie y después en otro.

–¿No puede esperar un par de días y entonces ir con los otros? –dijo Dick.

–¡Padre! –dijo impetuosamente Husmeador–. Vete tú con Mose en su caravana y deja la nuestra aquí. Yo engancharé el caballo mañana o pasado e iré a reunirme con vosotros.

–¿Cómo sabrás el camino que han seguido? –preguntó Jorge.

Husmeador hizo un ademán despectivo.

–Eso es muy fácil. Ya me dejarán un patrin.

–Es verdad –dijo Dick. Luego se volvió hacia el silencioso trotamundos–. Bueno, ¿qué le parece? Es una buena idea. Igualmente hoy no va a poder llevarse el caballo.

El hombre se encaró con el pobre Husmeador y le dijo algo en tono enojado y desdeñoso. El chiquillo se apartaba como si las palabras fueran golpes. Los cuatro amigos no entendieron nada, pues hablaba en una lengua desconocida para ellos. Luego el hombre dio media vuelta, y, sin mirarlos siquiera, se alejó, con un leve tintineo de sus pendientes.

–¿Qué ha dicho? –preguntó Julián.

Husmeador, que había vuelto a reunirse con los niños, sorbió aire por la nariz como de costumbre, y dijo:

–Estaba muy enfadado. Ha dicho que se iría con los demás y que ya saldría yo cuando *Clip* pudiera tirar de la caravana. Estaré bien aquí solo con Liz.

–¿Quién es *Liz*? –preguntó Ana, creyendo que se trataría de alguna amiga del pobre muchacho.

–Mi perra –respondió Husmeador, sonriendo por primera vez–. No la he traído porque, a veces, le da por cazar gallinas, y eso no le gusta al capitán Johnson.

–Normal que no le guste –dijo Julián–. En fin, ya está todo arreglado. Ven mañana a ver a *Clip*, o *Clop*, o como se llame tu caballo. A lo mejor, ya podrá ponerse en camino.

–Me alegro de haberlo podido dejar –dijo Husmeador, frotándose la nariz–. No quiero que *Clip* se quede cojo. Pero mi padre es muy testarudo.

–Ya lo hemos notado –dijo Julián–. Ven mañana. Podrías enseñarnos cómo son los mensajes que utilizáis. Nos gustaría saber descifrarlos.

–Vendré mañana –prometió Husmeador, asintiendo con su cabeza–. ¿Queréis venir a ver mi caravana? Estaré solo con *Liz*.

–Sí, podría estar bien –dijo Dick–. Iremos.

–Os enseñaré a hacer los mensajes como los nuestros, y veréis las cosas que *Liz* sabe hacer –dijo Husmeador–. Es muy lista, trabajó en un circo.

–Llevaremos a *Tim* para que conozca a esa perra tan lista –dijo Ana, acariciando a *Tim*, que acababa de regresar de su cacería de conejos. ¿*Tim*, te gustaría ir a visitar a una perra muy lista que se llama *Liz*?

–¡Guau! –dijo *Tim* moviendo la cola, feliz y galante.

–Muy bien, *Tim* –dijo Dick–. Me alegro de que te guste nuestro plan. Intentaremos visitarte mañana, Husmeador, cuando ya hayas visto como está *Clip*. Creo que todavía no te lo podrás llevar, pero ya veremos.

CAPÍTULO 4

Una cama en el establo

Aquella noche los chicos durmieron en uno de los establos. El capitán Johnson les dijo que podían utilizar colchones o dormir solo con las mantas sobre la paja.

—Con las mantas en la paja —dijo Julián—. Estaremos bien. Seguro que es muy cómodo.

—Sería fantástico si Ana y yo pudiésemos dormir también en los establos —exclamó Jorge—. No lo hemos hecho nunca—. ¿Podemos, capitán Johnson?

—No. Vosotras tenéis las camas que habéis pagado —dijo el capitán.

—Yo he dormido más de una vez en un establo —dijo Enriqueta—. En casa, cuando tenemos demasiados invitados, siempre duermo en la paja.

—¡Pobres caballos! —dijo Jorge.

—¿Por qué? —preguntó Enrique.

–Porque no los debes de dejar dormir con tus ronquidos.

Enriqueta se fue lanzando un gruñido. Era verdad que roncaba pero no podía evitarlo.

–¡No te preocupes! –le gritó Jorge–. Tus ronquidos son preciosos, Enriqueta, muy varoniles.

–¡Cállate, Jorge! –dijo Dick, molesto por sus impertinencias.

–No me digas a mí que me calle –protestó Jorge–. Díselo a Enriqueta.

–¡Jorge, no seas tonta! –le dijo Julián.

Eso tampoco le gustó a Jorge, que salió de la habitación con un gruñido como había hecho Enriqueta.

–¡Oh! –exclamó Ana–. Siempre están así. Primero Enrique y luego Jorge; después Jorge y enseguida Enrique. ¡Qué par de tontas!

Fue con los chicos a ver dónde tenían que dormir. Era un pequeño establo ocupado únicamente por el caballito de Husmeador, que en aquel momento dormía plácidamente en el suelo con la pata vendada. Ana le dio unas palmaditas y lo acarició. Era un poco feo, pero tenía unos bellos y dulces ojos castaños.

Los chicos llevaron al establo montones de paja, y mantas y alfombras viejas.

A Ana todo aquello le pareció estupendo.

–Podréis lavaros y arreglaros en la casa –dijo–. Aquí solo tenéis que venir a dormir. ¿Verdad que huele bien? No hay más que paja, heno y el caballo. Espero que no os moleste el caballo. Tal vez esté algo inquieto si le duele la pata.

–¡Esta noche nada nos molestará! –dijo Julián–. Después de la vida de campamento al aire libre, y con el viento de las montañas y todas esas cosas, estoy seguro de que dormiremos como lirones. Creo que voy a pasarlo muy bien aquí, Ana. Es un lugar silencioso y muy tranquilo.

Jorge asomó la cabeza por la puerta.

–Os puedo traer a *Tim* si queréis –dijo, deseosa de hacer olvidar su arranque de ira.

–¡Oh, hola Jorge! No, no hace falta, gracias. No quiero tener a *Tim* paseándose sobre mí toda la noche, intentando encontrar la parte más blanda de mi cuerpo para echarse a dormir en ella –dijo Julián–. Míralo. Está enseñándome a hacer una buena madriguera para dormir. ¡Venga, *Tim*! ¡Sal de aquí!

Tim se había subido al lecho de paja y daba vueltas sobre sí mismo, abriéndose un hueco como si fuera a instalarse para dormir.

39

Se detuvo y miró a los chicos con la boca abierta y la lengua colgando por un lado.

–Se está riendo –dijo Ana.

Y realmente parecía que se estaba riendo de ellos. Ana lo abrazó y *Tim*, después de lamerla una y otra vez, continuó su trabajo.

En este momento llegó alguien, silbando fuertemente, y asomó la cabeza por la puerta.

–Os traigo dos almohadas viejas. La señora Johnson dice que dormiréis mejor si tenéis algo para apoyar la cabeza.

–Muchas gracias, Enrique –dijo Julián, tomando las almohadas.

–Eres muy amable, Enriqueta –dijo Jorge.

–Lo he hecho con mucho gusto, Jorgina –respondió Enrique.

Los dos chicos se echaron a reír. Afortunadamente, la campana sonó en aquel momento, anunciando la cena, y todos se dirigieron al punto a la casa. ¡En los establos siempre se tenía hambre!

Por la noche las chicas tenían un aspecto muy diferente, pues habían tenido que quitarse los sucios pantalones de montar y ponerse ropa limpia. Ana, Enrique y Jorge corrieron a cambiarse la ropa antes de que la señora Johnson tocara la campana por segunda vez. Siempre esperaba diez minutos, sabiendo que algún chico podía no haber terminado aún su trabajo en el establo; pero cuando sonaba por segunda vez la campana, todo el mundo tenía que estar en la mesa.

Jorge estaba bonita con una falda pantalón y una blusa, pero a Enrique no la favorecía nada su vestido de volantes.

–¡Parece un chico disfrazado! –le dijo Ana, lo cual halagó a Enrique, pero molestó a Jorge.

Durante la cena hablaron sobre las prodigiosas hazañas que Enrique había realizado en su vida. Tenía tres hermanos, y hacía todo lo que ellos hacían, e incluso mucho mejor, según afirmaba Enriqueta. Habían ido en barco hasta Noruega y habían ido a caballo de Londres a York.

–¿No iba con vosotros Dick Turpin –preguntó Jorge con sorna– montando su caballo *Black Bess*? Supongo que lo dejaríais muy atrás.

Enrique fingió no haberla oído y siguió contando las proezas de su familia. Habían atravesado a nado profundos ríos, habían subido a las nevadas cimas de las más altas montañas... ¡Parecía que no había nada que no hubieran hecho ya!

–Cuando nos hayas contado cómo subiste, antes que nadie, al Everest, tal vez hayas acabado tu primer plato –dijo el capitán Johnson, cansado de tanta charla.

Jorge se desternillaba de risa, no porque la frase le hubiera parecido graciosa, sino porque le encantaba reírse de Enriqueta. Esta se acabó a toda prisa lo que le quedaba en el plato. Le encantaba dejar a todo el mundo estupefacto con sus extraordinarias narraciones. Jorge no creyó ni una sola palabra de lo que dijo, pero Dick y Julián pensaban que aquella chica alta y fuerte era muy capaz de hacer todas las cosas que había dicho.

Quedaban algunas tareas para hacer después de cenar y Enrique intentó mantenerse lejos de Jorge para evitar sus burlas. No le importaba, sabía que los otros pensaban que era genial. Aunque tenían que irse a la cama pronto, se quitó el vestido de volantes y volvió a ponerse los pantalones de montar.

Jorge y Ana acompañaron a los chicos al establo. Julián y Dick llevaban puestos los pijamas y las batas, e iban bostezando.

–¿Lleváis las linternas? –les preguntó Jorge–.Buenas noches. Que descanséis. Espero que la tonta Enriqueta no venga silbando por la mañana y os despierte antes de que salga el sol.

—Esta noche no podrá despertarme nada, absolutamente nada —dijo Julián, bostezando ruidosamente.

Se dejó caer sobre la paja y se tapó con una vieja manta.

—¡Qué cama tan estupenda! —añadió—. Para dormir no hay nada como la paja de un establo.

Las niñas se echaron a reír. En verdad, los chicos parecían estar muy cómodos.

—¡Que durmáis mucho! —dijo Ana, saliendo del establo en compañía de Jorge.

Pronto se apagaron todas las luces. Enrique estaba ya durmiendo, y roncando como de costumbre. Tenía que dormir sola en una habitación, pues nadie podía pasar la noche a su lado; pero, así y todo, Ana y Jorge oían sus ronquidos... ¡Rrrrrr... rrrrrrr... rrrrrr!

—¡Esa Enriqueta es insoportable! —dijo Jorge soñolienta—. ¡Qué ronquidos! Escucha. No quiero que venga con nosotros mañana si hacemos una excursión a caballo. ¿Me oyes, Ana?

—No del todo —murmuró Ana, intentando en vano abrir los ojos—. Buenas noches, Jorge.

Tim dormía, como de costumbre, enroscado a los pies de Jorge. Parecía tener los oídos tan cerrados como los ojos. Estaba tan cansado como los niños. Se pasaba el día corriendo por las montañas, escarbando en las madrigueras y persiguiendo a los veloces conejos, y por la noche dormía como un lirón.

Los dos chicos en el establo dormían profundamente bajo las viejas mantas. Cerca de ellos el caballito pinto no cesaba de moverse, pero los muchachos no lo oían. Un búho entró en el establo buscando un pequeño ratón. Lanzó un grito agudo, con la esperanza de que alguna rata huyera presa del pánico. Entonces se arrojaría sobre ella y la atraparía con sus garras.

Pero ni siquiera este grito despertó a los muchachos, tan rendidos estaban y tan profundo era su sueño.

La puerta del establo estaba cerrada. De pronto, *Clip* se estremeció y miró hacia la puerta. ¡El pestillo se movía! Alguien lo levantaba desde fuera. Con las orejas enhiestas, *Clip* percibió el rumor de algo que se deslizaba a rastras.

Miró hacia la puerta. ¿Quién podría ser? Su instinto le decía que podía ser Husmeador, aquel chiquillo a quien tanto quería. Husmeador siempre lo trataba con cariño. No le gustaba estar lejos de él. Escuchó por si oía los sorbetones que acompañaban siempre a Husmeador. Pero no los oyó.

La puerta se abrió lentamente, muy lentamente y sin

ruido. *Clip* vio el cielo de la noche estrellada, y una figura que se destacaba en la oscuridad..., una sombra negra.

Alguien entró en el establo y dijo en un susurro:

−¡*Clip*!

El caballo lanzó un leve relincho. No era la voz de Husmeador; era la de su padre. A *Clip* no le gustaba aquel hombre. Soltaba con demasiada facilidad bofetones y toda clase de golpes, sin excluir los latigazos. Permaneció inmóvil, preguntándose por qué había ido allí.

El hombre ignoraba que Julián y Dick dormían en el establo. Había entrado sin hacer ruido porque suponía que en la cuadra habría otros caballos y no los quería asustar. No llevaba ninguna luz pero vio enseguida a *Clip* echado en la paja.

Se dirigió a él de puntillas... y tropezó con los pies de Julián que sobresalían del lecho de paja. El ruido de su caída despertó al chico, que se incorporó inmediatamente.

−¿Quién está ahí? ¿Quién es?

El hombre se escondió detrás de *Clip* y guardó silencio. Julián se preguntó si habría soñado. Pero notó que los pies le dolían. Alguien se los había pisado o había caído sobre ellos. Despertó a Dick.

45

—¿Dónde está la linterna? ¡Mira! ¡La puerta del establo está abierta! ¡Rápido, Dick! ¡La linterna!

Al fin la encontraron y Julián la encendió. Al principio no vieron nada. El hombre estaba en la casilla de *Clip*, tendido en el suelo detrás del caballo. Pero al final la luz lo enfocó.

—¡Mira! —dijo Julián—. Es el padre de Husmeador... ¡Levántese! ¿Qué hace aquí a estas horas?

CAPÍTULO 5

Jorge tiene dolor de cabeza

El hombre se levantó rápidamente. Sus pendientes brillaron a la luz de la linterna.

—He venido a llevarme a *Clip* —dijo—. El caballo es mío, ¿no?

—Ya le dijeron que todavía no estaba en condiciones de andar —le recordó Julián—. Supongo que no querrá que se quede cojo para toda la vida. Usted tiene que entender de caballos lo suficiente para saber si están o no en condiciones de trabajar.

—Solo obedezco órdenes —dijo el hombre—. Tengo que salir con la caravana.

—¿Quién lo ha dicho? —preguntó Dick.

—Barney Boswell —dijo el hombre—. Es nuestro jefe. Mañana ha de partir todo el grupo.

—¿Por qué? —preguntó Julián—. ¿A qué vienen esas prisas? ¿Cuál es el misterio?

—No hay ningún misterio —respondió el hombre con repentina desconfianza—. Nos marchamos al páramo: eso os todo.

—¿Qué van a hacer allí? —preguntó Dick curioso—. No parece un sitio adecuado para acampar. Me han dicho que no hay nada.

El hombre se encogió de hombros y no dijo nada. Luego se volvió hacia *Clip* para obligarlo a levantarse. Pero Julián lo detuvo.

—¡No se lo puede llevar! Si a usted no le importa hacerle daño a un caballo, a mí sí. Espere un día o dos, y se lo llevará completamente curado. Pero ahora no lo sacará de aquí. Dick, ve a despertar al capitán Johnson. Él dirá lo que hay que hacer.

—No —dijo el hombre, frunciendo el ceño—. No vayas a despertar al capitán. Ya me voy. Pero procurad que deje ir al caballo con Husmeador tan pronto como sea posible. ¿Entendido?

Miró a Julián con aire amenazador.

—No ponga esa cara de enojo —dijo Julián—. Me alegro de que al fin haya razonado. Y ahora márchese. Váyase mañana con sus compañeros. Le aseguro que procuraré que Husmeador se lleve su caballo lo antes posible.

El hombre se dirigió a la puerta y salió por ella como una sombra. Julián lo vigiló desde el umbral mientras atravesaba el patio, por si aprovechaba para llevarse alguna gallina o algún pato de los que dormían junto al estanque.

Pero no se oyó ningún cacareo ni graznido. El hombre se marchó tan silenciosamente como había llegado.

–Esto es muy extraño –dijo Julián, volviendo a cerrar la puerta y atando el pestillo con un grueso cordel para que no se pudiera mover desde el exterior–. ¡Ya está! Si a ese hombre se le ocurre volver, ya no podrá entrar. ¡Qué cara! ¡Presentarse aquí a media noche! –Se echó de nuevo en la paja y buscó la postura más cómoda–. Debe de haberse caído encima de mis pies. Su caída me ha despertado. Ha sido una suerte para *Clip* que estuviéramos aquí. Si no mañana estaría tirando de una caravana, y la pata se le pondría peor. Ese tipo no me gusta nada.

Julián y Dick volvieron a dormirse enseguida.

Clip se durmió también. Se le había aliviado el dolor de la pata, y se sentía feliz al no tener que tirar de la pesada caravana.

Al día siguiente los chicos contaron al capitán Johnson la visita nocturna del trotamundos.

–Debí preveniros de que podía venir. No suelen tratar bien a sus caballos. Hicisteis bien en echarlo. No creo que *Clip* pueda andar hasta pasado mañana. Ese pobre animal necesita unos días de descanso. Luego, Husmedador se lo podrá llevar con su caravana.

Aquel día se iban a divertir. Una vez cumplidas todas sus obligaciones, los cuatro y *Tim* cabalgarían durante toda la jornada. El capitán Johnson prestó a Julián su robusta jaca, y Dick eligió un hermoso caballo de color castaño con patas blancas. Las niñas montaban los caballos de siempre.

Enrique iba y venía con semblante sombrío. Los chicos se sentían incómodos.

–Deberíamos invitarla a venir con nosotros –dijo Dick a Julián–. Seríamos unos groseros si la dejamos con todos los pequeños.

–Sí, lo sé. Yo pienso lo mismo –respondió Julián–. Oye, Ana, ¿no podrías convencer a George para que Enrique pueda ir también? Se nota que quiere ir con nosotros.

–Sí, ya lo veo –dijo Ana–. Es triste, pero Jorge se pondrá como una furia si decimos a Enrique que venga. No se soportan. No me atrevo a decirle a Jorge que deje venir a Enrique.

–¡Pero esto es estúpido! –exclamó Julián–. No atrevernos a pedirle a Jorge que deje venir a otra chica con nosotros. Tiene que aprender a ser comprensiva. A mí me cae bien Enrique. Es una fanfarrona y no me creo ni la mitad de las aventuras que cuenta, pero es alegre y buena compañera. ¡Oye, Enrique!

–¡Voy! –gritó Enrique. Y se acercó corriendo, con semblante esperanzado.

–¿Te gustaría venir con nosotros? –le preguntó Julián–. Nos vamos a pasar el día fuera. ¿Tienes algo que hacer, o puedes venir?

–¿Si puedo ir? ¡Claro que puedo! –exclamó Enrique alegremente–. Pero... ¿lo sabe Jorge?

–Ahora se lo diré –dijo Julián.

Y fue en su busca. Jorge estaba ayudando a la señora Johnson a preparar la comida que debían llevarse.

–Jorge –dijo Julián valientemente–. Enrique también viene. ¿Habrá suficiente comida?

–¡Oh! Habéis hecho bien en invitarla –dijo la señora Johnson, satisfecha–. Se moría de ganas de ir con vosotros. Además, esta semana, que éramos pocos para hacer todo el trabajo, se ha portado muy bien y merece un premio. Ha sido una buena idea invitarla, ¿verdad, Jorge?

Jorge murmuró unas palabras ininteligibles y salió de la habitación con el rostro rojo de rabia.

Julián la siguió con la vista, arqueando las cejas con gesto cómico.

–Me parece que a Jorge no le ha gustado nuestra idea –dijo–. Me temo que vamos a pasar un día un poco agitado.

–No le hagáis demasiado caso a Jorge cuando se pone tonta –dijo con cierta indiferencia la señora Johnson, mientras empaquetaba apetitosos sándwiches–. Ni a Enrique si se pone estúpida. ¡Me parece que no os podréis comer todo esto!

En este instante apareció William, que era uno de los pequeños.

–¡Huy! ¡Cuánta comida se llevan! ¿Quedará bastante para nosotros?

–¡Claro que quedará! –respondió la señora Johnson–. Eres un tragón, William. Dile a Jorge que ya tiene la comida empaquetada.

William desapareció. Pronto volvió con este recado:

–Jorge dice que le duele la cabeza y que no puede ir a la excursión.

Julián parecía disgustado.

—Oye, Julián —dijo la señora Johnson—: lo mejor es que la dejéis con su imaginario dolor de cabeza. No le roguéis que os acompañe, diciéndole que Enrique se quedará. Haced como que os creéis que le duele la cabeza y marchaos sin ella. Así entará en razón.

—Sí, tiene razón —dijo Julián, frunciendo las cejas—. No entiendo por qué Jorge se enfada como una niña pequeña, después de las aventuras que hemos vivido juntos, solo porque le cae mal Enriqueta. Es una actitud absurda. ¿Dónde está Jorge? —añadió, dirigiéndose a William.

—En su habitación —dijo el niño, muy ocupado en recoger y comerse todas las migas que encontraba.

Julián salió al patio. Sabía cuál era la ventana del dormitorio de Jorge y Ana, y llamó gritando:

—¡Oye, Jorge! —dijo a voz en grito—. Siento mucho que tengas dolor de cabeza. ¿De veras no puedes venir?

—¡No, no puedo ir! —respondió la voz de la niña. Y la ventana se cerró de golpe.

—¡De acuerdo! —gritó Julián—. De veras que lo siento. ¡Que te mejores, y hasta luego!

Ya no llegó ninguna respuesta desde la ventana. Pero cuando Julián atravesó el patio y se dirigió a las caballerizas, un rostro lo observaba desde detrás de los visillos con una expresión de sorpresa. Jorge estaba atónita al advertir que la habían creído y se marchaban sin ella; atónita e indignada con Enriqueta y contra todos por haberla puesto en aquella situación que no sabía cómo resolver.

Julián les dijo a los otros que Jorge tenía jaqueca y no iría con ellos. Ana, alarmada, dijo que iba a verla y que se quedaría a hacerle compañía; pero Julián se lo prohibió.

–No vayas a verla, Ana. Le conviene estar sola. Es una orden, ¿oyes?

–Bien –dijo Ana, con cierto alivio.

Estaba segura de que el dolor de cabeza de Jorge no era más que un arranque de mal humor, y no le apetecía nada tener una larga discusión con ella. Enrique había enrojecido de sorpresa al oír decir a Julián que Jorge no los acompañaría. Y enseguida comprendió que, en realidad, a Jorge no le dolía la cabeza. Era ella el dolor de cabeza de Jorge. Estaba completamente segura.

–Oye –dijo a Julián–. Comprendo que Jorge no quiera venir con nosotros yendo yo. Y como no quiero amargaros el día, me quedaré. Ya podéis ir a decírselo.

Julián la miró con un gesto de simpatía.

—Eres muy amable —dijo—. Pero Jorge ha dicho que no viene y nosotros hemos aceptado su palabra. Además te invitamos sinceramente, no por cumplido. Deseábamos que vinieras.

—Gracias —dijo Enrique—. En fin, vámonos antes de que ocurran más cosas desagradables. Los caballos están preparados. Voy a colocar los paquetes en las sillas de montar.

Un momento después, los cuatro, montados en sus caballos, atravesaban el patio en dirección a la verja. Jorge oyó el tip tap de los cascos y miró nuevamente por la ventana. ¡Se marchaban! Nunca hubiera creído que se irían sin ella. ¡Qué desastre! «¿Por qué me habré portado así? —pensó la niña—. Ahora Enrique pasará todo el día con ellos y se mostrará la mar de simpática solo para dejarme a mí en mal lugar. ¡Qué tonta he sido!».

—¿Verdad, *Tim*, que he sido una tonta, una idiota, una estúpida?

Pero *Tim* no pensaba eso. Se había quedado atónito al ver que los otros se iban sin él y sin Jorge y había corrido a la puerta, aullando lastimeramente. Luego volvió al lado de Jorge y apoyó la cabeza sobre sus rodillas. Sabía que Jorge estaba triste.

—A ti te es igual si me porto bien o mal, ¿verdad,

Tim? —dijo Jorge, acariciando la suave y peluda cabeza—. Ventajas de ser perro. Tú, tenga razón o no, me quieres del mismo modo, ¿verdad? Pero hoy no deberías quererme, *Tim*. ¡He sido una idiota!

Llamaron a la puerta. Era William.

—¡Jorge! Dice la señora Johnson que si te duele más la cabeza te metas en la cama. Pero que si estás mejor bajes para ayudar a curar al caballo del trotamundos.

—Bajaré —dijo Jorge olvidándose de su mal humor—. Dile a la señora Johnson que voy enseguida.

—Bien —dijo William, que se alejó trotando como un poni.

Jorge bajó con *Tim* y salió al patio. Se preguntó si los demás estarían ya muy lejos. No podía verlos. ¿Pasarían un día agradable con aquella antipática de Enrique? Sí, sin duda. ¡Qué divertido! ¡Un día entero en el Páramo Misterioso!

CAPÍTULO 6

Un gran día

–Me gusta el nombre de Páramo Misterioso –dijo Dick cuando los cuatro emprendieron la marcha–. Es como la imagen de un campo infinito, lleno de malas hierbas.

–A mí no me parece nada misterioso –dijo Enrique.

–Bueno, pero hay allí una especie de tranquilidad inquietante –dijo Ana–. Hace pensar en que sucedió allí algo importante hace mucho tiempo, y está esperando que algo ocurra de nuevo.

–¿Tranquilidad inquietante? ¡Qué cosas dices! –dijo Enrique, echándose a reír–. De noche debe de ser algo terrorífico y misterioso. Pero de día no es más que una extensión de tierra como cualquier otra. Será muy agradable ir por esa llanura a caballo, pero no sé por qué lo llaman el Páramo Misterioso.

–Tendremos que mirarlo en algún libro que hable de

esta zona —respondió Dick—. Supongo que se llamará así porque debió de ocurrir algo inexplicable hace siglos, cuando la gente creía en brujas y otras cosas parecidas.

Cabalgaban sin rumbo, sin seguir ningún camino. Había grandes extensiones de hierba dura y tupida, matas de brezo aquí y allá, y la aulaga, que todo lo invadía con su oro resplandeciente a la luz de aquel maravilloso día de abril.

Ana olfateaba con fuerza cada vez que pasaban junto a un matorral de aulaga.

—Pareces Husmeador —le dijo Dick—. ¿Estás resfriada?

Ana se echó a reír.

—No, claro que no. Pero me gusta el olor de la aulaga. ¿A qué huele? ¿A vainilla? ¿A coco? Es un olor delicioso.

—Mirad. ¿Qué es aquello que se mueve allí? —preguntó Julián, deteniendo repentinamente su caballo.

Todos miraron, forzando la vista, hacia el punto que señalaba Julián, el cual exclamó enseguida.

—¡Son las caravanas! Claro, dijeron que salían hoy, ¿no? Este viaje debe de ser muy duro para ellos. No veo un solo camino por ninguna parte.

—¿Adónde irán? —preguntó Ana—. ¿Qué hay en esa dirección?

–Si no cambian de rumbo, llegarán a la costa –dijo Julián–. ¿Vamos allí para verlos de cerca?

–Sí. Buena idea –dijo Dick.

Y los cuatro dirigieron sus caballos hacia la derecha y cabalgaron en dirección a la caravana.

Eran cuatro: dos rojas, una azul y otra amarilla. Iban muy despacio, y de cada vehículo tiraba un caballo pequeño y flaco.

–Todos los caballos parecen píos: blancos con manchas marrones –dijo Dick–. Es curioso, muchos trotamundos tienen caballos píos. ¿Por qué será?

Al acercarse a la caravana, oyeron voces y vieron a un hombre que señalaba hacia ellos mientras hablaba con otro. ¡Era el padre de Husmeador!

–Mira. Es el hombre que nos despertó anoche en el establo –dijo Julián a Dick–. El padre de Husmeador. ¡Qué hombre más desagradable!

–¡Buenos días! –gritó Dick cuando llegaron con sus caballos cerca de la caravana–. ¡Qué día más bonito!

Nadie le contestó.

Los trotamundos que conducían sus carromatos y los que caminaban junto a ellos miraron con hostilidad a los cuatro jinetes.

–¿Adónde van? –preguntó Enrique–. ¿Hacia la costa?

—Eso no os importa —respondió uno de los hombres de cabello rizado y gris.

—¡Qué poco amables! ¿verdad? —dijo Dick a Julián—. Creen que los estamos espiando. ¿Cómo crees que se las arreglan para comer en este páramo? No hay tiendas ni nada parecido. Deben de llevarlo todo en las caravanas.

—Lo voy a preguntar —dijo Enrique, y dirigió su caballo hacia el padre de Husmeador, sin acobardarse ante su mirada hostil.

—¿Cómo lo hacen para conseguir comida y agua? —preguntó.

—Llevamos provisiones —dijo el padre de Husmeador, señalando con la cabeza una de las caravanas—. En cuanto al agua, sabemos dónde hay fuentes.

—¿Estarán mucho tiempo en el páramo? —siguió preguntando Enrique, mientras se decía que la vida de un trotamundos debía de ser estupenda... durante una temporada. Sería magnífico pasar unas semanas en aquel pintoresco páramo, entre el brillo dorado de la aulaga que crecía por todas partes alternando con las prímulas.

—¡Eso no os importa! —gritó el hombre de cabello rizado y gris—. ¡Marchaos y dejadnos en paz!

—Ven, Enrique —la llamó Julián, dando media vuelta para marcharse—. No les gusta que les hagamos preguntas. Creen que lo hacemos por indagar y no porque nos interese su modo de vivir. Seguramente tienen muchas cosas que ocultar y temen que las descubramos: un par de gallinas de alguna granja, un pato atrapado en algún estanque... Esta gente vive al día.

Algunos niños de ojos negros miraban desde los carromatos a los jinetes que se alejaban. Un par de ellos, que iban a pie, correteando, huyeron como conejos asustados cuando Enrique intentó acercarse a ellos.

—Bueno, definitivamente no quieren ser amables —dijo mientras iba a reunirse con los demás—. ¡Qué vida tan extraña llevan en sus casas de ruedas! Nunca se detienen mucho tiempo en ninguna parte; se pasan la vida yendo de un lado a otro. ¡Por aquí, *Sultán*! Sigue a los otros.

El caballo obedeció y fue a reunirse con los otros tres, procurando no introducir la pata en ninguna madriguera. ¡Qué agradable era cabalgar a la luz del sol, meciéndose sobre el caballo sin preocupación alguna! Enrique se sentía completamente feliz.

Los otros tres también se lo estaban pasando bien pero no estaban tan felices. Pensaban en Jorge; la echaban de menos. Y a *Tim* también. También él habría disfrutado de aquel día trotando junto a ellos.

No tardaron en perder de vista a la caravana. Julián

seguía las huellas que habían dejado al dirigirse al convoy, ya que no quería perderse. Llevaba una brújula y miraba continuamente la dirección que seguían.

–No me gustaría pasar la noche aquí –dijo–. Nadie podría encontrarnos.

A las doce y media comieron un suculento almuerzo. Realmente, la señora Johnson se había lucido. Sándwiches de huevos y sardinas, de tomate y lechuga, de jamón. Parecía imposible acabárselos. Además había generosos trozos de pastel de cereza y una pera grande y jugosa para cada uno.

–Me encanta este pastel de cereza –dijo Dick, contemplando el trozo que tenía en la mano–. Todas las cerezas se van al fondo, y el último bocado es estupendo.

–¿Hay algo para beber? –preguntó Enrique.

Sus compañeros le alargaron una botella de refresco de jengibre que la niña se bebió sin respirar.

–¿Por qué será tan bueno el refresco de jengibre cuando se bebe en el campo? –dijo–. Es mucho mejor que cuando se bebe en casa por mucho hielo que se le eche.

–Cerca de aquí hay una fuente –dijo Julián–. Oigo cómo cae el agua.

Todos prestaron atención. Sí, se oía el rumor de un

chorro de agua. Ana salió en busca del supuesto manantial, y pronto lo encontró y llamó a los demás. Era un charco redondo, fresco y azul, al que caía el agua cristalina de un rumoroso riachuelo.

—Es uno de los depósitos de agua que utilizan los trotamundos cuando viajan por este páramo desierto —dijo Julián.

Formó un cuenco con sus manos, lo colocó debajo del chorro y se lo llevó a la boca, bebiendo con ganas.

—¡Deliciosa! —exclamó—. Fría como el hielo. Pruébala, Ana.

Siguieron cabalgando. El páramo no cambiaba de aspecto: brezos, hierba, aulaga; alguna fuente de agua clara cayendo en una charca, o un pequeño arroyo que fluía aquí o allá; y también algunos árboles, fresnos plateados en su mayoría. Las alondras cantaban sin cesar, volando a tanta altura, que apenas se las podía distinguir.

—Sus cantos caen como gotas de lluvia —dijo Ana, extendiendo las manos como para recogerlas.

Enrique se echó a reír. Le gustaba aquel grupo y estaba muy contenta de que la hubieran invitado a ir con ellos de excursión. Jorge había sido una tonta al quedarse en la escuela de equitación.

—Me parece que ya es hora de regresar —dijo Julián,

consultando su reloj–. Nos hemos alejado más de lo debido. A ver... Hemos de dirigirnos hacia poniente. ¡Venga, vamos!

Y emprendió la marcha. Su caballo se abría camino entre los brezos. Los demás lo siguieron. Pero al cabo de un rato, Dick se detuvo.

–¿Estás seguro de que es en esta dirección? A mí me parece que no. El páramo aquí es distinto. Hay más arena y no tanta aulaga.

Julián detuvo su caballo y miró en todas direcciones.

–Sí, es verdad. Parece un poco diferente –dijo–. Pero yo creo que es la dirección correcta. Vayamos un poco más hacia el oeste. ¡Si hubiera algo en el horizonte que pudiera servirnos de guía! Pero aquí no hay nada que se destaque.

Prosiguieron la marcha. De pronto, Enrique lanzó una exclamación.

–¡Mirad! ¿Qué es esto? ¡Venid!

Los dos muchachos y Ana se acercaron a Enrique, que había bajado del caballo y examinaba el suelo, manteniendo apartados los brezos.

–Parecen raíles o algo así –dijo Enriqueta–. Raíles viejos y enmohecidos. Pero no puede ser, ¿verdad?

Todos se arrodillaron y apartaron los brezos. Y escarbaron en la arena. Julián se sentó en el suelo y observó atentamente el sitio excavado.

–Sí, son raíles, y muy viejos, como has dicho. Pero ¿para qué pondrían raíles aquí?

–¡No tengo ni idea! –exclamó Enrique–. No sé cómo los pude ver, estando como están medio enterrados. Al principio no podía creer lo que veía.

–Deben de conducir a alguna parte –dijo Dick.

Tal vez había por aquí algún arenal y traían vagonetas para llevarse la arena y venderla en la ciudad.

–Seguramente –admitió Julián–. Este paraje es muy arenoso, como ya hemos visto, y la arena, buena y fina. Quizá hay una cantera en el páramo... En fin, si seguimos esa dirección, iremos hacia el interior del páramo. Así que la dirección contraria nos conducirá a alguna población, probablemente a Milling Green.

–Tienes razón –dijo Dick–. O sea, que si seguimos estos raíles, más tarde o más temprano llegaremos a la civilización.

–Bueno, ya que estamos medio perdidos es una buena idea –dijo Enrique, volviendo a montar en su caballo y obligándolo a avanzar entre los raíles.

–¡Son muy fáciles de seguir! –gritó–. Si cabalgáis por el medio es todo recto.

Los raíles estaban sujetos al terreno, y a trechos, medio enterrados. Una media hora después, Enrique lanzó un grito, señalando hacia el horizonte.

–¡Allí hay casas! Ya sabía yo que pronto llegaríamos a algún pueblo.

–Es Milling Green –anunció Julián, al llegar al término de los raíles, de donde pasaron a una estrecha carretera.

–¡Bueno, ya nos falta poco! –exclamó Enrique, respirando–. Escuchad, ¿no os parece que sería divertido seguir estas vías a través del páramo para ver dónde terminan?

–Sí, algún día lo haremos –dijo Julián–. ¡Qué tarde es! –y añadió–: Me pregunto qué habrá hecho Jorge estando sola todo el día.

Todos aceleraron la marcha, deseosos de llegar cuanto antes. Pensaban en Jorge. ¿Se habría acostado? ¿Estaría enfadada todavía, o, peor todavía, dolida y triste? ¡Nadie podía saberlo!

CAPÍTULO 7

Jorge, Husmeador y *Liz*

Jorge había pasado un gran día. Primero había ayudado al capitán Johnson a curar la pata de *Clip* y a vendársela de nuevo. El caballo soportó la cura pacientemente y Jorge sintió una repentina simpatía por aquel infortunado y feúcho animal.

–Gracias, Jorge –le dijo el capitán, que, para satisfacción de la niña, no había hecho el menor comentario sobre el hecho de que no se hubiera marchado con los demás–. ¿Quieres ayudarme a poner las vallas de saltos para los pequeños? Están ansiosos por saltar.

A Jorge le pareció muy divertido enseñar a saltar a los niños pequeños, que se sentían muy orgullosos cuando lograban saltar una valla, aunque solo fuera de un palmo, montando un poni.

Luego llegó Husmeador en compañía de *Liz*, una

perra de raza indefinida. Era una mezcla de perro de aguas y de lanas, e incluso parecía tener reminiscencias de algo más. Su aspecto era el de una alfombrita de piel rizada y negra.

Al principio, *Tim* se asustó al ver aquella masa enmarañada, y estuvo observándola y husmeándola un buen rato antes de llegar a la conclusión de que era un perro. Entonces lanzó un repentino y agudo ladrido solo para ver lo que hacía aquella grotesca criatura cuando lo oyese.

Liz no le hizo ningún caso. Había desenterrado un hueso interesada en su olor, y *Tim*, que consideraba que todos los huesos que estuvieran en el radio de un kilómetro le pertenecían, se abalanzó sobre *Liz*, mientras emitía un gruñido de advertencia.

Liz dejó caer el hueso en el acto y humildemente se sentó sobre sus patas traseras, adoptando una actitud de súplica. *Tim* la miró atónito. La perrita empezó entonces a andar sobre sus patas traseras y dio varias vueltas con gran elegancia alrededor de *Tim*.

Tim estaba desconcertado. Nunca había visto ningún perro que hiciera aquellas cosas. Quizás no era un perro, a fin de cuentas.

Liz advirtió que había impresionado a *Tim*, y realizó otro ejercicio que había aprendido trabajando en el circo. Bajó la cabeza y empezó a dar volteretas sin dejar de ladrar. *Tim* retrocedió y se refugió entre unas matas. ¡Aquello era ya demasiado! ¿Qué hacía aquel animal? ¿Estaba intentando andar con su cabeza?

Liz siguió dando volteretas a toda velocidad y terminó su ejercicio casi entre las patas delanteras de *Tim*, que se internó más aún en las matas.

Liz estuvo un momento inmóvil, con las patas delanteras levantadas y jadeando. Luego lanzó un leve y lastimero gemido.

Tim bajó la cabeza y le olfateó las patas. Después movió ligeramente la cola. Sin duda, se trataba de una broma. Husmeó de nuevo a *Liz*, y la perrita, de pronto, empezó a saltar alrededor de *Tim* y a ladrarle como diciéndole: «¡Vamos a jugar! ¡Anda, vamos!».

Entonces, repentinamente, *Tim* se abalanzó sobre aquel extraño animalito. *Liz* emitió una serie de alegres ladridos y empezó a rodar por el suelo. Estuvieron un buen rato jugando y divirtiéndose. Al fin se cansaron. Entonces *Tim*, jadeando, fue a echarse en un soleado rincón, y *Liz* se acurrucó entre sus patas delanteras como si lo conociera de toda la vida.

Cuando Jorge llegó del establo con Husmeador se quedó boquiabierta.

–¿Qué es eso que tiene *Tim* entre las patas? –preguntó–. ¡Eso no es un perro!

–Es *Liz* –dijo Husmeador–. Apenas ve a un perro se hace amiga de él. Oye, *Liz*, tú eres un mono, ¿verdad? A ver, anda con dos patas para que lo veamos.

Liz dejó a *Tim* y corrió hacia Husmeador, andando elegantemente sobre sus patas traseras.

Jorge se echó a reír.

–¡Qué gracioso! Parece una alfombrita peluda.

–Es muy lista –dijo Husmeado, acariciando a *Liz*–. Bueno, Jorge, ¿puedo llevarme a *Clip*? Mi padre ha salido con los demás y me ha dejado con la caravana. Así es que no importa salir hoy o, mañana..., o pasado mañana.

–Bueno, hoy seguro que no –dijo Jorge–. Tal vez mañana. ¿No tienes un pañuelo, Husmeador? Nunca he visto a nadie sorber el aire por la nariz tan a menudo como tú.

Husmeador se pasó la manga por la nariz.

–Nunca he tenido un pañuelo –dijo–. Pero tengo la manga.

–Eso es una marranada –dijo Jorge–. Te daré uno de mis pañuelos, pero tienes que usarlo. Eso te evitará estar aspirando el aire por la nariz a cada momento.

–No me había fijado en que hacía eso –dijo Husmeador, un tanto enojado–. Además, ¿qué importa?

Jorge había entrado ya en la casa y subía las escaleras.

Entre sus pañuelos escogió uno de anchas rayas rojas y blancas, pensando que le gustaría a Husmeador, y se lo bajó. Él se quedó mirándolo, extrañado.

–¡Es un pañuelo para el cuello! –exclamó.

–No, es para la nariz –dijo Jorge–. ¿No tienes ningún bolsillo para guardártelo? ¿Sí? ¡Bien! Ahora haz el favor de usarlo, en vez de hacer ese ruido que haces con la nariz.

–¿Dónde están los demás? –preguntó Husmeador, guardándose el pañuelo en el bolsillo con tanto cuidado como si fuera de cristal.

–Se han ido a hacer una excursión a caballo –dijo brevemente Jorge.

–Dijeron que vendrían a ver mi caravana –dijo Husmeador.

–Pues no sé si podrán ir hoy –le advirtió Jorge–. Creo que volverán demasiado tarde. Pero iré yo. No hay nadie allí, ¿verdad?

A Jorge no le habría gustado encontrarse con el padre de Husmeador ni con ninguno de sus parientes. Husmeador negó con la cabeza.

–No, no hay nadie. Mi padre se ha marchado... Y mi tía y mi abuela también.

–¿Y qué harás tú en el páramo? –preguntó Jorge, que había seguido a Husmeador a través del campo y estaba subiendo a la colina donde habían tenido su campamento los trotamundos. Ahora solo quedaba una caravana.

–¡Jugar!

Al decir esto, Husmeador aspiró ruidosamente el aire por la nariz. Jorge le dio un empujón.

–¿Para qué te he dado el pañuelo? ¡No hagas eso! Me pone nerviosa.

El chiquillo usó inmediatamente su manga; pero, afortunadamente, Jorge no lo vio. Habían llegado a la caravana y la niña la contemplaba, recordando la respuesta que le había dado Husmeador momentos antes.

–Has dicho que vas al páramo a jugar. Pero ¿qué hacen tu padre, tu tío, tu abuelo y todos los demás? No sé qué trabajo se puede hacer allí. No hay granjas ni tiendas donde se pueda comprar ninguna clase de comida.

Husmeador no contestó: se cerró como una almeja. Estuvo a punto de aspirar el aire por la nariz, pero no llegó a hacerlo. Se quedó mirando fijamente a Jorge con la boca firmemente cerrada.

Jorge lo miró, nerviosa.

—El capitán Johnson me ha dicho que vuestra caravana va allí cada tres meses. ¿A qué va? Debe de haber
alguna razón.

—Ya sabes... —dijo Husmeador desviando la mirada—.
Hacemos perchas... y cestos... y...

—Sí, ya lo sé. Todos los trotamundos hacen cosas así
para venderlas —dijo Jorge—. Pero para eso no hay necesidad de ir a un lugar desierto. También se puede hacer
ese trabajo en un pueblo, o sentados en el campo, cerca
de una granja. ¿Por qué ir a un lugar tan desierto como
el páramo?

Husmeador no dijo palabra. Se había inclinado y observaba unos palitos colocados de un modo especial en
el camino, ante su carromato. Jorge los vio y se inclinó
también. Olvidándose de su anterior pregunta, hizo otra.

—Oh, esto es un mensaje, ¿verdad? ¿Qué significa?

Había dos palos, uno largo y otro corto, colocados
en forma de cruz. Cerca se veían varios palitos rectos,
todos ellos en la misma dirección.

—Sí —dijo Husmeador, muy satisfecho de poder cam-
biar de tema—. Es nuestro modo de dar mensajes a los
que nos siguen. Este patrin, el de los palos en forma de
cruz, dice que hemos pasado por este camino y que vamos en la dirección que indica el palo más largo.

–¡Ah, qué fácil! –dijo Jorge–. Y estos cuatro palitos rectos que indican la misma dirección, ¿qué significan?

–Que los viajeros van en caravana. Cuatro palos, cuatro caravanas, se han ido en la dirección que indican los palos.

–Ya veo –dijo Jorge, mientras pensaba que podría usar esos patrins en el colegio cuando fuera de excursión–. ¿Hay muchos patrins, Husmeador?

–Sí, muchos –dijo el niño–. Cuando me vaya de aquí, dejaré este.

Cogió una gran hoja de un árbol cercano, luego otra más pequeña, las colocó en el suelo y puso sobre ellas unas piedrecitas para que el viento no se las llevara.

–¿Y qué quiere decir esto?

–Pues es un patrin para decir que mi perrita y yo hemos salido con la caravana –explicó Husmeador, recogiendo las hojas–. Si mi padre volviera atrás para buscarme, vería estas hojas y sabría que me había ido con la perrita. Está muy claro. La hoja grande soy yo; la hoja pequeña, la perrita.

–Sí. Me gusta este sistema de los mensajes –dijo Jorge–. Ahora enséñame la caravana.

Era vieja, no muy grande y de ruedas muy altas. Lo primero que vio la niña fue la puerta y la escalera. Las varas descansaban en el suelo, esperando la vuelta de *Clip*. En el toldo, de fondo negro, destacaban algunos dibujos rojos.

Jorge subió la escalerilla.

–He entrado en bastantes caravanas –dijo–, pero no había visto ninguna igual que esta.

Examinó con curiosidad el interior. Desde luego, no estaba muy limpia, pero tampoco tan sucia como suponía.

–No huele mal, ¿verdad? –preguntó ansiosamente Husmeador–. Lo he limpiado todo, porque suponía que vendríais a verlo. Aquello que ves en el fondo es la cama. Todos dormimos en ella.

Jorge se quedó mirando la gran cama que se extendía en el fondo de la caravana, cubierta con una colcha de vivos colores. Se imaginó a la familia entera durmiendo ahí, bien juntos. Desde luego, allí debían de estar abrigados en invierno.

–¿No tenéis calor en verano, durmiendo tantos en tan poco espacio? –preguntó Jorge.

–No. Durante el verano solo duerme aquí mi abuela –dijo Husmeador, aspirando el aire por la nariz, antes de que Jorge pudiera oírlo–. Los demás dormimos debajo de la caravana. Así, si llueve no nos mojamos.

–Bueno, muchas gracias por haberme enseñado tantas cosas –dijo Jorge, mirando desde la puerta los pequeños armarios cerrados y el gran armario de cajones–. Parece mentira que quepáis todos aquí.

»Ven a vernos mañana, Husmeador –dijo, bajando la escalerilla–. Tal vez esté ya bien *Clip*... Y escucha... ¡No te olvides de que ahora tienes pañuelo!

–No lo olvidaré –respondió con énfasis el niño–. Lo conservaré lo más limpio posible.

CAPÍTULO 8

Husmeador
hace una promesa

Al caer la tarde, Jorge empezó a sentirse sola. ¿Qué habrían hecho sus compañeros sin ella? ¿La habrían echado de menos? ¡Tal vez ni siquiera se habían acordado de que existía!

–Por lo menos no te han tenido a ti, *Tim* –dijo Jorge–. Tú no te irías nunca sin mí, ¿verdad?

Tim se apretó contra ella, satisfecho al ver que su amiga parecía ya más feliz. Se preguntaba dónde estarían los demás y dónde habrían pasado el día.

De pronto, se oyó un repiqueteo de cascos en el patio, y Jorge corrió hacia la puerta. ¡Sí, eran ellos! ¿Qué actitud debía adoptar? Se sentía estúpida y feliz, humilde y satisfecha, todo al mismo tiempo, y permaneció inmóvil sin saber si salir con el ceño fruncido o sonriendo.

Los recién llegados lo decidieron por ella.

–¡Hola, Jorge! –gritó Dick–. Te hemos echado mucho de menos.

–¿Cómo va ese dolor de cabeza? –le preguntó Ana–. ¡Ojalá se te haya pasado!

–¡Hola! –exclamó Enrique–. ¡Lástima que no hayas venido! ¡Ha sido un día estupendo!

–Ven a ayudarnos –dijo Julián–. Y explícanos qué has hecho hoy.

Tim había corrido hacia ellos, ladrando alegremente, y Jorge, sin apenas darse cuenta de lo que hacía, corrió también hacia el grupo con una sonrisa de bienvenida en los labios.

–¡Hola! –exclamó–. Voy a ayudaros. ¿De veras me habéis echado de menos? Yo también a vosotros.

Los chicos estuvieron contentos de ver que Jorge volvía a ser la de siempre, y ya no volvieron a nombrarle el dolor de cabeza.

La niña los ayudó a desensillar los caballos y escuchó el relato de lo que habían hecho durante el día. Luego les habló de Husmeador y sus mensajes, y les explicó que le había regalado un pañuelo.

–Pero estoy segura de que lo conservará completamente limpio –dijo–. Mientras estuvo conmigo no lo usó ni una sola vez. Está sonando la campana de la cena. Habéis llegado a tiempo. ¿Tenéis hambre?

–Claro que sí –respondió Dick–, aunque después de los sándwiches de la señora Johnson pensé que no cenaría. ¿Cómo está *Clip*?

–No importa ahora. Ya os lo explicaré durante la cena. ¿Quieres que te ayude, Enrique?

Para Enriqueta fue una gran sorpresa que Jorge la llamara Enrique.

–No, gracias..., Jorge –respondió–. Puedo hacerlo sola.

La cena fue muy agradable. Los pequeños ocupaban otra mesa, lo que permitió a los mayores charlar a gusto.

El capitán Johnson se mostró muy interesado cuando le contaron lo de los raíles.

–No sabía que hubiese vías férreas en el páramo –dijo–. Solo hace quince años que estamos aquí. Así que no sabemos gran cosa de la historia local. ¿Por qué no vais a ver al viejo Ben, el herrero? Él os podrá informar, porque ha pasado aquí toda su vida, una larga vida, ya que tiene más de ochenta años.

–Tengo una idea –dijo Enrique, ansiosamente–. Podríamos llevar a herrar algún caballo mañana y aprovechar la visita para hacer preguntas al viejo herrero. A lo mejor, incluso participó en la colocación de las vías.

–Jorge, vimos las caravanas en el páramo –dijo Julián–. Quién sabe adónde iban. Creo que se dirigían a la costa. ¿Cómo es la costa en que termina el páramo, capitán Johnson?

–Inaccesible –dijo el capitán–. Precipicios infranqueables, escollos, rompientes... Allí solo viven los pájaros. No hay barcas ni playas para bañarse.

–¿Por qué irán entonces? –dijo Dick–. Es un misterio. Y van cada tres meses, ¿verdad?

–Sí –dijo el capitán Johnson–. Yo tampoco entiendo qué los atrae de ese páramo. Es algo que siempre me ha llamado la atención. Normalmente van a sitios con granjas o aldeas donde puedan vender lo que hacen.

–Me gustaría ir a ver dónde han acampado y lo que están haciendo –dijo Julián, mientras se comía su tercer huevo duro.

–Pues iremos –dijo Jorge.

–¿Cómo? No sabemos dónde están –dijo Enrique.

–Husmeador irá a reunirse con ellos mañana, o tan pronto como *Clip* esté curado –dijo Jorge–. Se guiará por los mensajes que le hayan dejado en el camino. Me dijo que busca en los sitios donde hay señales de haberse encendido fuego, y cerca encuentra los patrins que le indican la dirección que debe seguir.

—Pero después los destruirá —dijo Dick—. Y nosotros no tendremos ninguna guía.

—Le diremos que nos deje mensajes —dijo Jorge—. Estoy segura de que lo hará. Es un buen chico, no me cabe duda. Yo me encargo de convencerlo de que nos deje muchos patrins. Así no nos será difícil seguir su camino.

—Buena idea. Para nosotros será divertido tratar de seguir un camino guiándonos por patrins, como los trotamundos —dijo Julián—. Podríamos hacer otra excursión a caballo de todo un día.

Enrique lanzó un ruidoso bostezo, que contagió a Ana, aunque esta bostezó más discretamente.

—¡Enrique! —la reprendió la señora Johnson.

—Lo siento, señora Johnson —se disculpó la chica—. Me vino como un estornudo. No sé por qué, pero estoy medio dormida.

—Entonces vete a la cama —dijo la señora Johnson—. Habéis tenido todo un día de sol y aire libre. Todos estáis muy morenos. El sol de abril ha sido hoy casi tan fuerte como el de julio.

Los cinco y *Tim* fueron a echar una última mirada a los caballos y a realizar algunas pequeñas tareas. Enrique bostezó de nuevo y esta vez el bostezo se contagió a todos, incluso a Jorge.

–¡Qué bien se duerme en la paja! –exclamó Julián alegremente–. ¡Este lecho caliente y cómodo es algo demasiado hermoso para describirlo con palabras! Las camas no están hechas para mí.

–Espero que el padre de Husmeador no vuelva a venir esta noche –dijo Dick.

–Echaré el cerrojo –dijo Julián–.Vamos a dar las buenas noches a la señora Johnson.

Poco después, las tres muchachas estaban en sus camas y los dos chicos tendidos en la paja del establo. *Clip* continuaba allí, pero mucho más calmado. Ni una sola vez movió la pata enferma. Estaba mucho mejor. Seguramente podría irse al día siguiente.

Julián y Dick se durmieron enseguida. Aquella noche nadie entró en el establo. Nada les molestó hasta la mañana siguiente, cuando un gallo entró por una ventana, se instaló en una viga que estaba exactamente sobre ellos, y lanzó un quiquiriquí tan estruendoso, que los dos muchachos se despertaron sobresaltados.

–¿Qué ha sido eso? ¿Quién ha gritado en mis oídos? ¿Has sido tú, Julián?

El gallo volvió a cantar y los chicos se echaron a reír.

–¡Maldito gallo! –dijo Julián, acurrucándose de nuevo sobre la paja–. Hubiera dormido un par de horas más.

Aquella mañana Husmeador se acercó tímidamente a la puerta del picadero. Nunca entraba con resolución, sino que se deslizaba a través del seto, o trepaba por la reja, o aparecía por una esquina. Al ver a Jorge, se acercó a ella.

–Hola, Jorge –dijo–. ¿Está mejor *Clip*?

–Sí –le respondió Jorge–. El capitán Johnson ha dicho que hoy te lo podrás llevar. Pero espera un momento, Husmeador. Quiero preguntarte algo antes de que te vayas.

Husmeador se sintió feliz. Le gustaba aquella chica que le había regalado un pañuelo tan magnífico. Lo sacó del bolsillo y exclamó:

–¡Mira qué limpio está! Lo cuido mucho.

Y al decir esto aspiró ruidosamente el aire por la nariz.

–¡Eres un tonto! –le dijo Jorge, exasperada–. Te lo regalé para que lo usaras, no para que lo llevaras limpio en el bolsillo. Te lo quitaré si no lo usas.

Husmeador, alarmado, sacó con gran cuidado el pañuelo, lo desdobló y se lo pasó ligeramente por la nariz. Luego lo volvió a doblar, dejándolo exactamente como estaba, y se lo guardó de nuevo en el bolsillo.

–Y ahora ¡nada de ruidos con la nariz! –le dijo Jorge, haciendo esfuerzos para contener la risa, y añadió–:

Oye, Husmeador, ¿te acuerdas de los patrins que me enseñaste ayer?

–Claro –respondió Husmeador.

–El grupo de trotamundos que se ha ido ¿te ha dejado mensajes para indicarte el camino?

Husmeador asintió.

–Sí, pero no muchos. Ya he estado allí dos veces y solo los pondrán en los sitios en que es fácil equivocarse.

–Ya veo –dijo Jorge–. Escucha, Husmeador: queremos hacer una especie de juego. Queremos ver si somos capaces de seguir los patrins, así que nos gustaría que nos dejarás mensajes en el camino que sigas cuando vayas a reunirte con tu familia. ¿Lo harás?

–¡Claro que sí! –dijo Husmeador, satisfecho de que le pidieran un favor–. Dejaré los que te enseñé: la cruz, los palitos, la hoja grande y la hoja pequeña.

–Bien. Es para decir que tú has pasado en una dirección determinada, y que sois un chico y un perro, ¿verdad?

–Sí –asintió el Husmeador–.Te acuerdas bien.

–Perfecto –dijo Jorge–, así podremos jugar a que somos trotamundos siguiendo el camino de los que ya se han ido.

–¡Pero que no os vean cuando lleguéis al campamento! –dijo Husmeador, repentinamente alarmado–. Me reñirían por dejaros mensajes.

–Sí sí, iremos con cuidado –dijo Jorge–. Ahora vamos a buscar a *Clip*.

Clip los siguió alegremente. Ya no cojeaba; el descanso le había ayudado a curarse. Se alejó a buen paso con Husmeador, y lo último que oyó Jorge de ellos fue el ruido de la nariz del pequeño.

–¡Husmeador! –le gritó la niña en son de reproche.

El chiquillo se llevó la mano al bolsillo, sacó el pañuelo y lo agitó en el aire, con el rostro radiante de alegría.

Jorge volvió con los demás.

–Husmeador se ha llevado a *Clip* –dijo–. Ahora podríamos llevar nosotros al herrero los caballos que se tengan que herrar, ¿no?

–Sí –dijo Julián–. Y le podemos preguntar sobre el Páramo Misterioso y esas extraña vías. Vamos.

Eran seis los caballos que tenían que llevar a la herrería. Así que cada uno se montó en uno, y Julián condujo, además, otro de las riendas. *Tim* corría alegremente entre ellos. Le gustaban los caballos y estos lo consideraban un buen amigo. Cuando lo veían, bajaban hacia él sus hocicos para olfatearlo.

Descendieron lentamente por el largo camino que conducía a la herrería.

–¡Es aquí ! –gritó Jorge–. Es una herrería antigua con una magnífica fragua. Mirad, allí está el herrero.

Ben era un hombre de aspecto fuerte y robusto a pesar de sus ochenta años. Herraba pocos caballos y pasaba la mayor parte del día sentado al sol, vigilando a su empleado. Tenía una abundante cabellera blanca y sus ojos eran tan negros como el carbón que tantas veces había puesto al rojo.

–Buenos días, chicos… y chica –dijo a los muchachos.

Julián sonrió al oír esto. Jorge y Enrique estarían satisfechas.

–Queremos hacerle unas preguntas –dijo Jorge, bajando del caballo.

–Preguntad lo que queráis –respondió el anciano–. Si se trata de algo de este lugar, seguro que os podré responder, pues no hay nada que no sepa el viejo Ben. Llevad los caballos a Jim, y vengan vuestras preguntas.

CAPÍTULO 9

El herrero
cuenta una historia

–Bueno –dijo Julián–. Ayer fuimos a caballo al Páramo Misterioso, y nos gustaría saber por qué se le llama así. ¿Ha habido en él algún misterio?

–¡Oh, allí ha habido muchos misterios! –dijo el viejo Ben–. Gente que se ha perdido y no ha regresado nunca..., ruidos inexplicables...

–¿Qué clase de ruidos? –preguntó Ana, curiosa.

–Cuando yo era pequeño pasé muchas noches en el páramo –dijo gravemente el viejo Ben– y oí los ruidos más extraños: gritos penetrantes, aullidos, quejas, rumores como de grandes alas...

–Bien, pero eso pueden ser los mochuelos, los zorros y otros animales –dijo Dick–. Una vez, en un granero, una lechuza lanzó cerca de mi cabeza un grito que me puso los pelos de punta. Si no hubiera visto que era una lechuza, habría huido presa del pánico.

Ben se echó a reír, y su rostro quedó convertido en un muestrario de pliegues y arrugas.

–Así que, ¿por qué se llama Páramo Misterioso? –dijo Julián–. ¿Es muy antiguo ese nombre?

–Cuando mi abuelo era pequeño, esa tierra árida se llamaba Páramo Brumoso –recordó el viejo herrero–. Fijaos: Brumoso, no Misterioso. El nombre se debía a la niebla que se formaba en el mar, subía por la costa y quedaba estacionada en el páramo. Tan densa era que no se veía a un palmo de distancia. Yo mismo me perdí una vez en una de esas nieblas. ¡Qué miedo pasé! Se arremolinaba a mi alrededor como si tuviera vida, se ceñía a mí, y yo notaba en todo mi cuerpo el contacto de sus manos húmedas y frías.

–¡Qué horror! –exclamó Ana, estremeciéndose–. ¿Y qué hizo usted entonces?

–Lo primero, echar a correr –respondió Ben, sacándose la pipa de la boca y examinando su cazoleta vacía–. Corrí entre los brezos y las aulagas, me caí más de una docena de veces, y la niebla no cesaba de perseguirme ni de tocarme con sus dedos húmedos. Quería atraparme. Lo sé porque toda la gente que conoce el páramo dice que el mayor afán de esa niebla era siempre aprisionar a las personas.

—Pero, no era más que niebla —dijo Jorge, pensando que el herrero exageraba—. ¿Sigue habiendo niebla?

—Sí —respondió Ben llenando lentamente su pipa—. En otoño es cuando más hay, pero también puede llegar de improviso en cualquier época del año. Yo la he visto aparecer en las últimas horas de un hermoso día de verano. Se arrastra como una serpiente, y si no la ves a tiempo, te atrapa.

—¿Te atrapa? ¿Cómo que te atrapa? —preguntó Jorge.

—La niebla puede durar muchos días —explicó Ben—. Y si te pierdes, te pierdes para siempre y ya no vuelves jamás. No te rías, jovencito. Hablo por experiencia.

El herrero contempló su pipa y empezó a desenterrar viejos recuerdos.

—Ahora —dijo— me viene a la memoria la señora Banks, una vieja que entró con su cesta en el páramo para recoger arándanos. La sorprendió la niebla, y no volvió a saberse de ella. O Víctor, un muchacho que un día, en vez de ir al colegio, entró en el páramo, y la niebla lo asió con sus garras.

—Tendremos que vigilar con eso si volvemos al páramo —dijo Dick—. Es la primera vez que oigo hablar de esto.

–Sí. Id con los ojos muy abiertos –dijo Ben–. Mirad hacia el lado de la costa, pues es de allí de donde viene. Pero ahora, no sé por qué, no hay tanta. No ha aparecido ninguna masa de niebla verdaderamente temible desde hace lo menos tres años.

–Lo que nos gustaría saber –dijo Enrique– es por qué ha cambiado de nombre y ahora se llama Páramo Misterioso. Entiendo lo de Páramo Brumoso, pero ¿por qué ahora lo llaman Páramo Misterioso?

–Bueno, eso cambió hace unos setenta años, cuando yo era un niño –dijo Ben, encendiendo su pipa y aspirando el humo con toda su fuerza.

Estaba contento. Pocas veces tenía un auditorio que demostrara tanto interés como aquellos cinco muchachos. Incluso el perro permanecía inmóvil, escuchando.

–Eso ocurrió cuando la familia Bartle construyó el pequeño ferrocarril... –empezó a decir.

Pero tuvo que detenerse ante las exclamaciones de sus cinco oyentes.

–¡Eso es lo que queríamos saber!

–¿Usted sabe lo del ferrocarril?

–¡Siga, siga!

Parecía que algo iba mal con su pipa y estuvo un buen rato arreglándola.

Jorge deseó ser un caballo para poder desahogar su impaciencia pateando.

–La familia Bartle era grande –dijo al fin Ben–. Muchos chicos pero solo una niña y de constitución enfermiza. Los chicos eran muy fuertes. Lo recuerdo muy bien, porque daban unos puñetazos terribles. Uno de ellos, Dan, encontró un buen arenal en el páramo...

–¡Ah, sí! Ya imaginamos que había allí algún arenal –dijo Ana.

Ben frunció las cejas ante la interrupción y continuó:

–Y como eran nueve o diez hermanos, y todos fuertes y valientes, decidieron explotar el arenal. Compraron vagones, y con ellos iban a buscar la arena, que luego vendían en todos los pueblos de la comarca. Era una arena fina, de excelente calidad.

–Sí, ya lo vimos –dijo Enrique–. Pero aquellos raíles...

–¡No lo interrumpáis! –exclamó Dick, contrariado.

–Ganaron mucho dinero –siguió recordando Ben–. Tendieron vías que les permitían llevar los vagones hasta el mismo arenal, lo que facilitaba tranportarla. ¡Aquello era magnífico! Los niños seguíamos a la pequeña máquina que soplaba y jadeaba. Nos hubiera gustado conducirla, pero no pudimos hacerlo nunca. Los Bartle llevaban siempre largas varas con las que pegaban a los chiquillos que se acercaban demasiado. Eran rudos y agresivos.

—¿Por qué abandonaron las vías? —preguntó Julián—. Están cubiertas de arena y hierbas. Casi no se ven.

—Bueno, ahora llegamos a ese misterio que tanto os interesa —dijo Ben, haciendo humear su pipa—. Los Bartle tuvieron una batalla con los trotamundos.

—¡Oh! ¿Ya había trotamundos en el páramo? —exclamó Dick—. Ahora también hay.

—Si la memoria no me engaña, siempre ha habido trotamundos en el páramo —dijo el herrero—. Bueno, como os he dicho, se pelearon con los Bartle, lo que no sorprendió a nadie, pues esas refriegas eran cosa corriente entonces. Y arrancaron raíles aquí y allá, y la pequeña locomotora descarriló, y volcó el convoy y su carga.

Los niños veían con la imaginación la pequeña locomotora resoplando, jadeando y descarrilando al llegar a los raíles arrancados. ¡Qué alboroto debió de producirse entonces en el páramo!

—Los Bartle no podían permanecer impasibles ante una cosa así —continuó Ben—. Se reunieron y se pusieron en marcha, decididos a echar a los trotamundos del páramo.

Juraron que, si veían una sola caravana ahí, le prenderían fuego, llevarían a los trotamundos hacia la costa y los arrojarían al mar.

—Debía de ser una familia muy salvaje —comentó Ana.

—Sí —dijo Ben—. Los nueve o diez hermanos eran hombres altos y fuertes; tenían unas cejas tan espesas y enmarañadas que casi les tapaban los ojos, y unas voces que ensordecían. Nadie se atrevía a llevarles la contraria. El que lo intentaba, pronto veía a toda la familia armada con palos en la puerta de su casa. Eran los jefes de este lugar y todo el mundo los odiaba. Nosotros, los niños, echábamos a correr apenas veíamos aparecer a alguno de ellos por una esquina.

—¿Y qué pasó con los trotamundos? ¿Consiguieron echarlos? —preguntó Jorge.

—Déjame ir a mi ritmo, muchacho —dijo Ben señalando a Jorge con su pipa—. Merecerías que un Bartle corriera detrás de ti.

El herrero creía que Jorge era un chico. De nuevo los hizo esperar, hurgando en su pipa. Julián guiñó el ojo a sus compañeros. Le gustaba aquel viejo con tantos recuerdos.

—Al final los trotamundos siempre ganan —dijo al fin el herrero—. Así se dice y es verdad. Un día desaparecieron todos los Bartle. Ni uno solo volvió a su casa. La única que quedó de la familia fue Inés, la hermana, que estaba cojita.

Todos lanzaron exclamaciones de sorpresa. El viejo Ben dirigió una mirada de satisfacción a su auditorio. Nadie sabía contar historias tan bien como él.

—Pero ¿qué sucedió? –preguntó Enrique.

—Eso no lo sabe nadie –respondió Ben–. La desaparición ocurrió una semana en que la niebla llegó al páramo arrastrándose como un reptil y lo cubrió todo. Nadie fue aquellos días al páramo; solo los Bartle, ya que para ellos no había ningún peligro pudiendo volver siguiendo los raíles. Iban al arenal todos los días, a pesar de la niebla, a trabajar como de costumbre. Nada podía impedir a los Bartle que trabajaran.

El viejo se detuvo y miró a sus oyentes. Luego, bajando la voz y estremeciendo a los cinco niños, continuó:

—Una noche, un vecino del pueblo vio pasar por las afueras, furtivamente, a un grupo de trotamundos de más de veinte caravanas. Se dirigían al páramo, a través de la densa niebla. Tal vez se guiaron por los raíles, pero esto nadie lo sabe a ciencia cierta. A la mañana siguiente, los Bartle fueron al arenal, como de costumbre. Y desaparecieron para siempre.

El viejo herrero hizo una nueva pausa.

–Sí, para siempre –repitió–. Ninguno de ellos volvió del páramo. Nunca se supo nada más de los hermanos Bartle.

–Pero ¿qué pasó? –insistió Jorge.

–Cuando se disipó la niebla salieron varios grupos a buscar a los desaparecidos –dijo Ben–. Pero no encontraron ni un solo Bartle, ni vivo ni muerto. Tampoco vieron ni rastro de los trotamundos. Quizá se habían ido aquella misma noche, procurando que no los viesen, atravesando el pueblo como sombras. Yo creo que los trotamundos se lanzaron aquel día contra los Bartle, protegidos por la niebla, lucharon con ellos, los derrotaron y después se los llevaron a la costa y los tiraron al mar.

–¡Es horrible! –exclamó Ana, impresionada.

–No te preocupes, muchacha –dijo el herrero–. Lo que os he contado sucedió hace mucho tiempo. Además, nadie lloró a los Bartle. La única superviviente fue la hermanita enferma, Inés, que vivió hasta los noventa y seis años y murió hace muy pocos. En cambio, sus fuertes e impetuosos hermanos desaparecieron todos a la vez, en un abrir y cerrar de ojos.

–Es una historia muy interesante, Ben –dijo Julián–. Supongo que fue entonces cuando el páramo empezó a llamarse Misterioso, ya que nadie supo lo que había sucedido. Además, el misterio no se ha aclarado todavía. ¿Nadie ha vuelto a utilizar el ferrocarril ni ha ido a buscar arena desde entonces?

–Nadie –dijo el viejo–. Todos estábamos asustados, como comprenderéis. Inés dijo que no le importaba que se estropearan la locomotora y los vagones, que no quería saber nada de ellos. Desde entonces nunca me atreví a ir al páramo y durante mucho tiempo solo los trotamundos se atrevieron a pisar aquel desierto. Hoy se ha olvidado ya la historia de los Bartle, pero estoy seguro de que los trotamundos la recuerdan todavía. Tienen muy buena memoria.

–¿Y sabe por qué van al Páramo Misterioso con tanta frecuencia? –preguntó Dick.

–No. Ya sabéis que siempre están yendo de un lado a otro. No pertenecen a ningún lugar. No sé lo que hacen en el páramo pero tampoco me interesa averiguarlo. No quiero que me ocurra lo que les ocurrió a los Bartle.

En este momento llegó a ellos la voz de Jim, el nieto del herrero, que herraba los caballos en el interior de la herrería.

–¡Abuelo! No hable más y deje que esos chicos vengan a charlar conmigo. Ya he herrado casi todos los caballos.

Ben se echó a reír.

—Entrad —dijo a los niños—. Os gustará ver saltar las chispas y cómo se ponen las herraduras a los caballos. Ya os he hecho perder demasiado el tiempo, contándoos cosas de otros tiempos. Pero recordad: huid de la niebla y no os acerquéis a los trotamundos.

CAPÍTULO 10

Los mensajes de Husmeador

Era divertido estar en la herrería, haciendo funcionar los fuelles, viendo llamear el fuego y observando cómo tomaban forma las herraduras al rojo vivo. Jim era hábil y rápido. Daba gusto verlo trabajar.

–¿Habéis estado escuchando las viejas historias de mi abuelo? –dijo–. Es todo lo que hace ahora: recordar. ¡Pero cuando quiere, puede hacer una herradura tan bien como yo! Voy a herrar el último... ¡Quieto, *Sultán*!... ¡Ya está!

Pronto los cinco niños emprendieron el camino de vuelta. La mañana era espléndida. Los bordes del camino resplandecían con el brillo dorado de las celidonias.

–Todas brillan como el oro –dijo Ana, poniéndose dos o tres en el ojal.

Y sí, realmente parecía que las habían bruñido pétalo a pétalo, pues relucían como si estuvieran barnizadas.

–¡Qué historia tan extraña nos ha contado el herrero! –dijo Julián–. ¡Qué bien que la ha relatado!

–Sí. Ahora ya no me atrevo a volver al páramo –dijo Ana.

–No seas miedosa –le reprochó Jorge–. Eso ocurrió hace muchos años. Me gustaría saber si los tratamundos de ahora conocen esta historia. A lo mejor fueron sus abuelos los que pelearon con los Bartle bajo la niebla.

–Bueno, el padre de Husmeador parece capaz de llevar a cabo un plan semejante –dijo Enrique–. ¿Por qué no seguimos el camino que tomaron ellos? Así podremos ver si sabemos descifrar los mensajes que Husmeador dijo a Jorge que dejaría.

–Buena idea –aprobó Julián–. Iremos esta tarde. ¿Qué hora es? ¡Me parece que ya es la hora de la comida!

Todos consultaron sus relojes.

–Sí, llegaremos tarde –dijo Jorge–. Pero esto siempre pasa cuando se va a la herrería. No os preocupéis. Estoy segura de que la señora Johnson nos habrá preparado alguna comida especial.

Y así era. Había un gran plato de estofado para cada

uno, diversas y apetitosas hortalizas, y un budín de dátiles de postre. ¡Qué buena era la señora Johnson!

–Tendréis que ayudarme a lavar los platos después –dijo la señora–. Hoy tengo mucho trabajo.

–¿Podremos ir al páramo esta tarde? –preguntó Jorge.

–Sí, desde luego –le contestó la señora Johnson–. Pero si queréis llevaros merienda, os la tendréis que preparar vosotros mismos. Llevaré a los pequeños a montar, y todavía hay uno al que hay que llevarle el caballo de la brida.

A las tres todos estaban preparados para partir, con la bolsa de la merienda. Montaron en los caballos que se paseaban por el campo y emprendieron la marcha alegremente.

–Ahora veremos si somos tan listos como creemos para descifrar los mensajes de los trotamundos –dijo Jorge–. *Tim*, si continúas persiguiendo a cada conejo que veas, te dejaremos atrás.

Se internaron en el páramo después de pasar por lo que había sido el campamento de los trotamundos. Sabían la dirección que llevaban las caravanas por las marcas que habían dejado las ruedas. Eran muy fáciles de seguir: las cinco pesadas caravanas habían dejado un buen rastro de roderas en el camino.

–Aquí hicieron su primera parada –dijo Julián dirigiéndose a un lugar donde la tierra ennegrecida indicaba que se había encendido una hoguera. Cerca de aquí debe de haber algún mensaje.

Lo buscaron. Jorge lo encontró.

–¡Aquí está –gritó–, detrás de este árbol, bien resguardado del viento!

Bajaron y acudieron al lado de Jorge. En el suelo había un patrin en forma de cruz con su palo largo señalando la dirección seguida por Husmeador. Cerca se veían los palitos indicadores de que había pasado la caravana, y ante los palitos, la hoja grande y la hoja pequeña, con piedras encima para que no se las llevara el viento.

–¿Qué significan esas hojas? –preguntó Dick–. ¡Ah, sí! Husmeador y su perro. Vamos por buen camino. Aunque eso ya lo sabíamos por el fuego.

Los niños montaron de nuevo en sus caballos y continuaron la marcha. Resultó bastante fácil encontrar e interpretar los mensajes.

Solo una vez se detuvieron, perplejos. Fue al llegar a un punto donde había dos árboles y no se veía entre los brezos ningún indicio de que la caravana hubiera acampado allí.

—Estos brezos son tan tupidos, que sus ramas han vuelto a unirse después de pasar los carromatos, y no ha quedado ningún rastro de la caravana —dijo Julián, bajando de su caballo y examinando atentamente los brezos que lo rodeaban, sin encontrar ninguna huella.

—Continuemos —dijo—. A lo mejor encontramos cerca el lugar donde acamparon.

Pero, al recorrer un buen trecho sin encontrarlo, se detuvieron desconcertados.

—Hemos perdido el rastro —dijo Dick—. No somos tan buenos trotamundos como pensábamos.

—Volvamos atrás, hasta aquellos dos árboles —propuso Jorge—. Desde aquí los vemos. Si allí es tan fácil perder el camino, debe de haber algún mensaje aunque no haya huellas de campamento. El mensaje se deja precisamente para indicar el camino cuando los que vienen detrás pueden equivocarse.

Hicieron dar media vuelta a los caballos y se dirigieron a los dos árboles, donde esperaban encontrar el mensaje de Husmeador.

En efecto, allí estaba. Enrique lo descubrió, cuidadosamente puesto entre los dos árboles, de modo que el viento no pudiera moverlo.

—Aquí están la cruz, los palitos y las hojas —dijo—.

Pero mirad: el palo largo de la cruz apunta hacia el este, y nosotros íbamos hacia el norte. No es extraño que no encontráramos ningún rastro de la caravana.

Se encaminaron hacia el este, a través de los frondosos brezos primaverales, y pronto hallaron huellas del paso de la caravana: ramitas desprendidas de los brezos y roderas en un espacio de tierra blanda.

—Ahora sí —dijo Julián, satisfecho—. Empezaba a creer que la cosa era demasiado fácil, pero veo que no es así.

Siguieron cabalgando durante dos horas. Entonces decidieron detenerse a merendar. Se sentaron en un claro del bosque, rodeado de fresnos silvestres y ante un exuberante grupo de prímulas.

Tim no sabía si perseguir conejos o esperar los bocados de la merienda de los niños.

Finalmente, optó por las dos cosas: correr detrás de un conejo imaginario y regresar para recibir los obsequios de los muchachos.

—Es mucho mejor cuando la señora Johnson nos prepara sándwiches de tomate, lechuga y cosas así —dijo Enrique—. Podemos comer mucho más. Cuando nos los hace de sardinas o de huevo, *Tim* se come la mitad.

—Bueno, no tendría que molestarte, Enriqueta —dijo

Jorge–. Hablas como si *Tim* fuera un glotón. Nadie te obliga a darle nada.

–Ahora te llamará Jorgina –murmuró Dick al oído de Jorge.

–Lo cierto es, Jorgina –dijo Enrique haciendo una mueca–, que me es imposible negarme a dar a *Tim* uno o dos bocados cuando se pone delante de mí y me mira con esos ojos suplicantes.

–¡Guau! –ladró *Tim*, sentándose frente a Enrique con la lengua fuera y los ojos fijos en ella.

–Me produce un efecto hipnotizador –se quejó Enrique–. Llámalo, Jorge. Soy incapaz de comerme un solo bocado o un trozo de pastel. Por favor, *Tim*; deja ya de mirarme a mí y mira a otro.

Julián consultó su reloj.

–No creo que sea buena idea entretenernos tanto merendando –dijo–. Las tardes son largas y tenemos horas de luz... Pero todavía no hemos llegado al campamento de los trotamundos. Y después tenemos que regresar. ¿Seguimos?

–Sí –dijeron todos, volviendo a montar en sus caballos y poniéndose en camino.

Se dieron cuenta con sorpresa que les era muy fácil seguir a la caravana, pues el suelo se volvió arenoso y había muchos trechos despejados en los que se distinguían claramente las huellas de las ruedas.

—Si seguimos dirigiéndonos hacia el este, pronto llegaremos a la costa —dijo Dick.

—No, el mar está todavía muy lejos —replicó Julián—. ¡Mirad! Allá lejos se ve una colina o algo parecido. Es la primera vez que vemos algo así en este páramo tan llano.

Las huellas de los carros se dirigían a la colina, que, cuando se acercaron, les pareció mucho más alta.

—Estoy segura de que las caravanas están allí —dijo Jorge—. Esta colina les debe de proteger del viento que viene del mar. Me parece que ya veo una.

En efecto, allí estaban las caravanas. Los brillantes colores de sus toldos se veían claramente en la ladera de la colina.

—Han tendido una cuerda para la colada —dijo Ana—. Veo cómo se agita la ropa con el viento.

—Podemos ir a preguntarle si *Clip* está bien —dijo Julián—. Será una excelente excusa para acercarnos a ellos.

Avanzaron directamente hacia el grupo de caravanas. Apenas oyeron el golpeteo de los cascos de los caballos, aparecieron ante los chicos cuatro o cinco hombres. Su actitud no era nada amistosa. Los miraban en silencio. Husmeador salió también y gritó:

–¡*Clip* ya está curado!

Su padre le dio un empujón, mientras murmuraba algo en tono de amenaza, y el chiquillo desapareció debajo del carromato más próximo.

Julián se acercó al padre de Husmeador.

–Su hijo ha dicho que *Clip* ya está curado. ¿Dónde lo tienen?

–Allí –respondió el hombre, a la vez que señalaba el lugar con un movimiento de cabeza–. Pero no es necesario que vayáis a verlo. Está completamente bien.

–De acuerdo, de acuerdo –dijo Julián–. Solo queríamos saber cómo estaba. –Y añadió–: Este lugar es muy pintoresco y está bien resguardado. ¿Piensan pasar mucho tiempo aquí?

–Eso no os importa –dijo un hombre viejo en tono hostil.

–Perdone –respondió Julián, sorprendido–. Era simplemente una pregunta de cortesía.

–¿Adónde van a buscar el agua? –preguntó Jorge–. ¿Hay alguna fuente cerca de aquí?

Nadie le contestó.

Otros hombres se unieron a los cuatro o cinco que estaban ya allí. También se acercaron tres perros gruñendo. *Tim* empezó a retroceder.

–Marchaos antes de que nuestros perros se arrojen sobre vosotros –dijo rudamente el padre de Husmeador.

–¿Dónde está *Liz*? –preguntó Jorge, acordándose de pronto de la perrita de Husmeador.

Pero antes de que le contestaran, los tres perros se lanzaron contra *Tim*. A este no le fue fácil librarse de ellos. Aunque eran mucho más pequeños que él, eran más rápidos y ágiles.

–¡Llame a esos perros! –gritó Julián, viendo que Jorge iba a bajar del caballo para correr en ayuda de *Tim*, y temiendo que la mordieran–. ¿Me oye? ¡Llame a esos perros!

El padre de Husmeador lanzó un silbido y los tres perros se apartaron de *Tim* de mala gana, con el rabo entre las piernas. Jorge sujetó a *Tim* por el collar para impedirle que persiguiera a sus contrincantes.

–Monta en tu caballo, di a *Tim* que nos siga y vámonos –gritó Julián, a quien no le gustaban nada aquellos trotamundos silenciosos y hostiles.

Jorge obedeció. *Tim* corrió tras ella y todos se alejaron de aquel desagradable campamento.

Los hombres los siguieron con la vista, silenciosamente.

–¿Qué les pasa? –preguntó Dick–. ¡Cualquiera diría que están urdiendo otro plan como el de su lucha con los Bartle.

–No, por favor –dijo Ana–. Estoy segura de que planean algo. Por eso han venido a este lugar apartado y solitario. Nunca me volveré a acercar a ellos.

–Han creído que veníamos como espías, para averiguar algo –dijo Dick–. Ni más ni menos. ¡Pobre Husmeador! ¡Qué vida lleva!

Ni siquiera hemos podido decirle que hemos entendido perfectamente sus mensajes –dijo Jorge–. En fin, yo creo que aquí no ocurre nada interesante. Aquí no hay una aventura.

¿Tenía razón? ¿Se equivocaba? Julián miró a Dick, y Dick le devolvió la mirada, arqueando las cejas. Ignoraban si sería o no una aventura. El tiempo lo diría.

CAPÍTULO 11

Un plan estupendo

Cuando se sentaron a cenar, los cinco contaron al capitán Johnson y a su esposa lo ocurrido aquella tarde.

–¿Así que Husmeador os explicó lo de los mensajes? –preguntó la señora Johnson–. No fue una buena idea ir al campamento de los trotamundos. En ese grupo tienen todos muy mal genio.

–¿Conocen la historia de la familia Bartle? –preguntó Enrique, dispuesta a contarla..., añadiendo algunos detalles de su invención.

–No, pero podemos esperar a conocerla –repuso la esposa del capitán, sabiendo que Enrique dejaba su plato intacto cada vez que explicaba en la mesa alguna de sus imaginarias aventuras–. Ya nos la contarás después de la cena.

–Esta vez no es una aventura de Enrique –dijo Jorge,

molesta ante la posibilidad de que Enrique volviera a presentarse como una heroína y se apropiara de la narración del herrero–. Es una historia que nos contó el viejo Ben. Julián, cuéntala tú.

–Ahora nadie contará nada –dijo el capitán–. Habéis llegado tarde a la cena y hemos tenido que esperaros. Lo menos que podéis hacer es comer lo que tenéis en el plato.

Los cinco niños pequeños que ocupaban la mesa vecina sufrieron una decepción. Esperaban escuchar uno de los maravillosos relatos de Enrique. Pero el capitán Johnson estaba cansado y hambriento.

Apenas había dado unos bocados, Enrique volvió a su empeño.

–Ben es muy viejo y...

–¡Ni una palabra más, por favor, Enrique! –le ordenó secamente el capitán.

Enrique se sonrojó. Jorge sonrió y quiso darle una patadita a Dick por debajo de la mesa. Por desgracia, el pie tropezó con la pierna de Enrique, que se quedó mirando a Jorge fijamente.

«¡Vaya! –pensó Ana–. ¡Con el día tan agradable que hemos tenido! Sin duda, todos estamos cansados y de mal humor!».

–¿Se puede saber por qué me has dado una patada? –preguntó Enrique a Jorge con tono amenazador, apenas se levantaron de la mesa.

–¡Silencio! –les ordenó Julián–. Seguramente, iba destinada a Dick o a mí.

Enrique enmudeció en el acto. No le gustaba que Julián la llamara al orden.

Jorge, rebelándose también, se marchó al punto con *Tim*.

Dick bostezó.

–¿Tenemos que hacer algún trabajo? ¡Con tal que no sea lavar los platos! Creo que rompería más de uno.

La señora Johnson lo oyó y se echó a reír.

–No, no hay que lavar los platos. Echad una mirada a los caballos y procurad que *Jenny*, la yegua, no esté al lado de *Flash*. Ya sabéis que no le gusta y sería capaz de echarla del establo a coces. Tienen que estar separadas.

–No se preocupe, señora Johnson –dijo William, apareciendo de pronto tan impasible y competente como siempre–. Ya me he encargado de eso. Y de todo. Creo que no queda nada por revisar.

–Eres el mejor mozo de cuadra del mundo, William

–dijo con una sonrisa la señora Johnson–. ¡Me gustaría que trabajases siempre con nosotros!

–Me gusta que diga esto –respondió William, entusiasmado–. ¡Nada me gustaría más en el mundo!

Y se alejó, radiante de alegría.

–En fin –dijo la señora Johnson–, lo mejor que podéis hacer es iros a la cama, ya que William ha hecho todo el trabajo. ¿Tenéis pensado algún plan para mañana?

–Todavía no –respondió Julián, reprimiendo un bostezo–. Si necesita que hagamos algo, lo haremos.

–Bueno, ya veremos qué novedades nos trae mañana –dijo la señora Johnson–. Buenas noches.

Los muchachos se despidieron de las tres niñas y se dirigieron a los establos.

–¡Caramba! Nos hemos olvidado de lavarnos y todo eso –dijo Julián, medio dormido–. No sé qué nos pasa aquí. A las ocho y media ya se me cierran los ojos.

El día siguiente trajo bastantes cosas. Llegó una carta para Enrique, que la puso de mal humor. La señora Johnson recibió dos cartas que la dejaron preocupada, y llegó también una carta para el capitán Johnson que le hizo ir a la estación rápidamente.

La carta recibida por Enrique era de dos tías suyas, que le anunciaban que pasarían aquel día y el siguiente en las cercanías del establo y que irían a buscarla para que los pasara con ellas.

–¡Oh no! –exclamó Enrique–. Mis tías Ana y Lucía podían haber escogido cualquier otra semana para venir a buscarme, y no precisamente esta en que están aquí Julián y Dick y nos divertimos tanto. ¿Y si les dijera por teléfono que tengo mucho trabajo?

–¡Eso de ningún modo! –dijo la señora Johnson, escandalizada–. Sería una falta de educación imperdonable, y tú lo sabes tan bien como yo. Estás pasando aquí todas las vacaciones. Bien puedes sacrificar dos días. Además, me vendrá muy bien que estés fuera de aquí un par de días.

–¿Por qué? –preguntó Enrique, sorprendida–. No sabía que estorbaba.

–No estorbas. Es que esta mañana he recibido dos cartas anunciándome la llegada de cuatro niños a los que no esperaba. No tenían que llegar hasta que se marcharan, a fines de semana, tres de los que tenemos aquí. No es la primera vez que esto nos ocurre, pero es que no sé dónde instalarlos.

–Señora Johnson –dijo Ana–, si quiere, Julián y Dick se irán a casa. Usted no los esperaba, y ellos se presentaron aquí.

–Ya lo sé –dijo la señora Johnson–. Pero estamos acostumbrados a estos conflictos. Además, me gusta tener aquí chicos mayores, porque nos ayudan. Dejadme pensar. Ya encontraré una solución.

En ese momento entró precipitadamente el capitán Johnson.

–Me voy a la estación. Acabo de recibir una carta que me anuncia la llegada de aquellos dos caballos que esperaba hace dos días. Ahora no sabremos dónde meterlos.

–¡Vaya día! –exclamó la señora Johnson–. ¿Cuántos seremos en la casa? ¿Y cuántos caballos habrá en los establos? No me es posible hacer cálculos. La cabeza me da vueltas.

Ana lamentaba no poder irse a casa con Jorge y los dos chicos. La señora Johnson había contado con que ellas dos se irían tres o cuatro días antes, y no solo se habían quedado, sino que, además, habían llegado los chicos.

Ana corrió en busca de Julián. Seguramente él sabría qué hacer. Estaba con Dick, llevando paja a los establos.

–Escucha, Julián, quiero hablar contigo.

Julián dejó en el suelo la paja que transportaba y se volvió hacia Ana.

–¿Qué pasa? No me digas qué Jorge y Enrique han tenido otra pelea, porque no te escucharé.

–No, no es eso; es un problema de la señora Johnson. Van a llegar cuatro niños a los que no esperaba hasta que se marcharan otros. Está en un verdadero apuro. Quisiera hacer algo para ayudarla. Nosotros cuatro ya no deberíamos estar aquí esta semana.

–Es verdad –dijo Julián, sentándose en el haz de paja que había dejado en el suelo–. Pensemos algo para arreglarlo.

–La solución es fácil –dijo Dick–. Cargamos con nuestras tiendas y con la comida necesaria, nos vamos al páramo y acampamos allí. ¿Se os ocurre algo más divertido?

–¡Es una gran idea! –exclamó Ana, con un brillo de entusiasmo en los ojos–. La señora Johnson se verá libre de nosotros, y de *Tim*. Y pasaremos unos días estupendos, viviendo a nuestro aire.

–Mataremos dos pájaros de un tiro –dijo Julián–. Llevamos dos tiendas en nuestro equipaje. Son pequeñas pero nos servirán. Además, les podemos pedir que nos presten algunas lonas impermeabilizadas, para tenderlas sobre los brezos, aunque ya hemos visto que están secos.

–¡Voy a explicárselo a Jorge! –dijo Ana alegremente–. Vayámonos hoy, Julián. Así dejaremos sitio para los niños que están a punto de llegar. El capitán Johnson ha recibido dos caballos, y se alegrará cuando vuelva y vea que ya no dormiréis en las cuadras.

Ana corrió en busca de Jorge, que estaba ocupada en dar brillo a un arnés, trabajo que le gustaba mucho,. Escuchó encantada lo que Ana le contó.

Enrique estaba también allí, con cara triste, y su tristeza aumentó al oír a Ana.

–¡Qué lástima! –se lamentó–. Si mis tías no me hubieran llamado, habría podido ir con vosotros. ¿Por qué se les habrá ocurrido venir precisamente ahora? ¡Es desesperante!

Ni Ana ni Jorge opinaban como ella. Se alegraban secretamente al pensar que podrían irse los cinco solos (incluido *Tim*) como se habían ido tantas otras veces. Si las tías de Enrique no hubieran tenido la feliz idea de llamarla, se habrían visto obligadas a decirle que fuera con ellos.

Jorge no quiso demostrar su entusiasmo ante la idea de ir a acampar en el páramo. Tanto ella como Ana trataron de consolar a la pobre Enrique y luego fueron a hablar con la señora Johnson sobre los preparativos del viaje.

–¡Dick ha tenido una idea magnífica! –exclamó la esposa del capitán, encantada–. Eso me resuelve una serie de problemas. Además, sé que vosotros estáis encantados de que se os haya presentado esta oportunidad. Es una muy buena solución. Me hubiera gustado que la pobre Enrique os acompañase, pero no puede decirles que no a sus tías, que tanto la quieren.

–Claro que no –dijo Jorge muy seria.

Jorge intercambió una mirada con Ana. Compadecían a Enrique, pero preferían pasar unos días sin ella.

Todos su pusieron a trabajar. Dick y Julián deshicieron sus bolsas para saber con exactitud lo que llevaban en ellas.

La señora Johnson les proporcionó lonas impermeabilizadas y alfombras viejas. Era única para encontrar cosas de ese tipo.

William hubiera querido ir con ellos y ayudarles a llevar las cosas, pero nadie deseaba su ayuda. Lo único que querían era marcharse, irse los cinco solos y nadie más.

A *Tim* se le había contagiado la excitación general. Se pasó la mañana moviendo la cola.

–Creo que va lleváis bastante carga –dijo la señora

Johnson–. Es una suerte que haga tan buen tiempo; de lo contrario, habríais tenido que llevaros también las chaquetas. No os internéis demasiado en el páramo. Así podréis volver fácilmente si se os ha olvidado algo o si necesitáis comida.

Al fin, todo estuvo listo. Fueron a despedirse de Enrique. La niña los miró tristemente. Llevaba un elegante vestido. Parecía otra. Estaba visiblemente apenada.

–¿A qué parte del páramo vais? –preguntó–. ¿Hacia las vías del tren?

–Sí –respondió Julián–. Queremos saber hasta dónde llegan. Es un camino recto y fácil de seguir. Si no nos alejamos de los raíles, no podemos perdernos.

–Que te diviertas, Enrique –dijo Jorge haciendo una mueca–. ¿Tus tías te llaman Enriqueta?

–Sí –respondió la pobre niña–. Bueno, adiós. Y que volváis pronto. Afortunadamente, todos tenéis tan buen apetito, que tendréis que volver a buscar comida pasado mañana.

Todos dijeron adiós a Enrique alegremente y se alejaron.

Tim iba pisándoles los talones. Su intención era internarse en el páramo hasta encontrar los raíles del pequeño tren.

–¡Ya estamos en marcha! –exclamó Jorge en una explosión de alegría–. ¡Y libres de esa charlatana de Enriqueta!

–A mí me parece una buena chica –dijo Dick–. Pero de todos modos me parece estupendo ir nosotros solos, los cinco juntos...

CAPÍTULO 12

El pequeño ferrocarril

El día era caluroso. Los chicos habían almorzado antes de salir, pues la señora Johnson opinaba que era más fácil llevar la comida dentro que fuera.

Incluso *Tim* transportaba algo. Jorge dijo que el perro debía participar de las obligaciones del grupo, y le habían atado sobre el lomo un paquetito de sus galletas preferidas.

–Es lo justo, *Tim* –le dijo–. Ahora tú también llevas tu carga. Pero no vayas olfateando tus galletas por el camino. No se puede andar con la cabeza vuelta. Deberías estar acostumbrado al olor de las galletas.

Los cinco se dirigieron a las vías del ferrocarril, o, por lo menos, hacia donde suponían que estaban. No les fue fácil descubrirlas bajo los brezos; pero, al fin, lo lograron.

Julián se alegró. No le seducía tener que ir a la ciudad para encontrar el principio y entonces volver a internarse en el páramo siguiendo los raíles.

Fue Ana quien los descubrió, al pisarlos inesperadamente.

–¡Venid! –exclamó–. ¡Aquí están! He tropezado con la vía, mirad. Apenas se ve.

–Bien –dijo Julián.

En algunos puntos faltaban trozos de vía; en otros, los brezos las habían cubierto de tal modo, que si el grupo no hubiera sabido que tenían que avanzar en línea recta, se habrían perdido. A veces los raíles desaparecían, y entonces los chicos se veían obligados a escarbar en el suelo para encontrarlos.

Hacía mucho calor. Las mochilas eran una carga demasiado pesada. El paquete de galletas que llevaba *Tim* empezó a resbalar de su lomo y, al fin, le quedó colgando entre las patas. Eso le molestaba.

Jorge le sorprendió sentado y tratando de abrir el paquete con los dientes. Así que fue a colocarle bien el paquete de nuevo.

–Si no fueras siempre tras los conejos, el paquete no bailaría ni resbalaría. Ahora lo tienes bien puesto, *Tim*. Anda como es debido y no te caerá.

Siguieron avanzando durante largo rato entre los raíles, que a veces describían grandes curvas para esquivar algún peñasco. Después el suelo apareció más arenoso y los brezos menos tupidos. Era más fácil ver las vías, aunque la arena las cubría a trechos.

–Necesito descansar –dijo Ana, dejándose caer en los brezos–. Si no descanso, pronto empezaré a jadear y a sacar la lengua como *Tim*.

–Estas vías parecen no tener fin –dijo Dick–. El suelo es tan arenoso, que lo natural sería que estuviéramos cerca de la cantera.

Todos se habían dejado caer sobre los brezos. Estaban cansados y tenían sueño. Julián bostezó y se irguió enseguida.

–Esto no puede seguir así –dijo–. Si nos quedamos dormidos, por nada del mundo nos volveremos a poner en marcha con nuestras pesadas mochilas. ¡Levantaos, perezosos!

Todos se pusieron inmediatamente en pie. El paquete de galletas que llevaba *Tim* en el lomo había vuelto a resbalar hasta colgar entre sus patas, y Jorge tuvo que ponérselo de nuevo en su sitio. *Tim* no se movió. Jadeaba y tenía la lengua colgando. Se decía que las galletas eran un estorbo y que lo mejor habría sido comérselas.

Cada vez había más arena, y pronto encontraron grandes trechos arenosos sin brezos ni ninguna clase de hierba. El viento levantaba la arena, y los cinco se veían obligados a cerrar los ojos.

–¡Mirad, las vías acaban aquí! –dijo Julián, deteniéndose de pronto–. Están rotas. La máquina no puede estar lejos.

–Tal vez vuelvan a aparecer cerca de aquí –dijo Dick, empezando a buscar por los alrededores.

Pero no encontró la continuación y volvió al lugar donde terminaban las vías.

–No lo entiendo –declaró Dick–. Aquí no hay ninguna cantera. Lo lógico es que la vía llegara hasta la misma explotación; los vagones se llenarían aquí y la máquina los volvería a llevar a Milling Green. ¿Dónde está la cantera? ¿Por qué terminan aquí los raíles?

–Sí, la cantera debería estar aquí –dijo Julián–. A lo mejor hay otras vías en alguna parte que conducen a ella. Vamos a buscarla. Aunque me extraña no haberla descubierto ya.

Pero en verdad no era tan fácil descubrirla, pues estaba oculta por una gran masa de altos y frondosos arbustos. Tras ellos había una enorme cantera, que era, evidentemente, de arena.

–¡Aquí está! –gritó Dick–. ¡Mirad! No cabe duda de que aquí sacaban arena. Deben de haber sacado toneladas y toneladas.

Todos se acercaron y la contemplaron con asombro.

Era una cantera enorme, muy ancha. Los chicos se despojaron de sus mochilas y se lanzaron hacia ella, hundiendo los pies en la fina arena.

–Las paredes están llenas de agujeros –dijo Dick–. En mayo deben de anidar aquí centenares de vencejos.

–También hay cuevas –dijo Jorge, asombrada–. Si llueve podremos refugiarnos en ellas. Algunas parecen muy profundas.

–Pues yo no estaría tranquila dentro de una de esas cuevas –declaró Ana–. Temería quedar sepultada por un desprendimiento. Es una arena muy suelta. Mira.

Y rascó la arena con la mano, lo que bastó para que se desprendiera.

–¡He encontrado las vías! –gritó Julián–. ¡Mirad! ¡Están aquí!... Están casi cubiertas de arena. He tropezado casualmente con una vía y está tan oxidada que poco ha faltado para que se rompiera.

Todos se acercaron a Julián, incluso *Tim*. Estaba encantado en el arenal. ¡Cuántas madrigueras de conejos habría por allí! ¡Cómo se iba a divertir!

–Sigamos estas vías –dijo Julián.

Empezaron a andar apartando con los pies la arena que cubría a trechos los raíles, y los fueron siguiendo paso a paso, desde la mina hacia el punto donde terminaban los que venían en dirección opuesta.

Cuando estaban cerca de estos últimos, vieron que los siguientes parecían arrancados del suelo. Algunos de los trozos de vía se veían oxidados entre los brezos próximos.

Los niños los observaron con interés.

–Estoy seguro de que estos destrozos los hicieron los trotamundos en tiempos de los Bartle –dijo Dick–. Tal vez el día en que los atacaron. ¡Mirad! ¿Qué es esa cosa que se ve ahí, medio oculta por los brezos?

Los niños se acercaron. A *Tim* el extraño objeto no debió de gustarle, pues empezó a gruñir.

Julián levantó un pequeño trozo de vía y apartó los arbustos de aulaga que habían crecido alrededor de aquella forma oscura hasta casi ocultarla.

–¿Sabéis lo que es esto? –exclamó, sorprendido.

Sus compañeros se acercaron más para verlo mejor.

–¡La locomotora! La pequeña máquina de la que nos habló Ben, el herrero –dijo Dick–. Al salirse de las vías rotas, vino a volcar aquí. Y, año tras año, han ido creciendo estas aulagas y la han ocultado casi enteramente. ¡Pobre locomotora!

Julián siguió apartando arbustos.

—¡Qué máquina tan vieja y tan extraña! —comentó—. ¡Mirad qué chimenea! ¡Y fijaos en la caldera, pequeña y redonda! Esto es la garita del maquinista. Esta maquinita no debía de tener mucha fuerza, solo la necesaria para arrastrar algunos pequeños vagones.

—¿Qué habrá sido de ellos? —preguntó Ana.

—Debió de ser fácil levantarlos, colocarlos en las vías y llevarlos a la ciudad —dijo Dick—. Pero para levantar la locomotora hacían falta grúas. Ni una docena de hombres sería suficiente para llevarla desde aquí a las vías.

—Los trotamundos debieron de atacar a los Bartle bajo la niebla, después de cortar las vías para que la locomotora volcara —dijo Julián—. Tal vez usaron los trozos de vía como armas. Lo cierto es que la batalla la ganaron ellos, ya que ni uno solo de los Bartle volvió del páramo.

—Puede que algunos vecinos del pueblo vinieran a indagar, con el deseo de saber lo sucedido —dijo Jorge, tratando de reconstruir con la imaginación los dramáticos sucesos de aquellos días ya lejanos—. Seguramente encontraron los vagones y los llevaron a Milling Green empujándolos. Pero no pudieron llevarse la locomotora.

–Sí, seguramente –dijo Julián–. ¡Qué susto debieron de llevarse los Bartle cuando vieron aparecer a los trotamundos como fantasmas entre la niebla!

–Espero que no aparezcan en nuestros sueños esta noche –dijo Ana.

Volvieron a la cantera. Dick propuso:

–Este sería un buen lugar para acampar. La arena es seca y blanda. Podríamos improvisarnos unas camas estupendas. Ni siquiera necesitaremos las tiendas: las paredes de la cantera nos protegerán del viento.

–¡Sí! Acampemos aquí –dijo Ana, entusiasmada–. Tenemos incluso un montón de bonitos agujeros para guardar las cosas.

–¿Y el agua? –preguntó Jorge–. Necesitamos tener agua cerca. ¡*Tim*, ve a buscar agua! ¡Bebe, *Tim*, bebe! ¿No tienes sed? Me parece que sí: llevas la lengua colgando como una bandera.

Tim ladeó la cabeza al oír lo que Jorge le decía. ¿Agua? ¿Beber? Sabía perfectamente lo que significaban esas palabras y echó a correr, olfateando el aire, seguido por la mirada de Jorge.

El perro desapareció detrás de unos arbustos y no tardó más de medio minuto en volver. Jorge lanzó un grito de alegría al verlo.

–¡Ha encontrado agua! ¡Mirad, tiene la boca chorreando! ¿Dónde está el agua, *Tim*?

El perro agitó la cola con fuerza, feliz de que Jorge estuviera satisfecha de él, y volvió a internarse en los arbustos seguido por los muchachos.

Tim los condujo a una pequeña zona de vegetación verde. Allí brotaba un manantial como una pequeña fuente. El agua caía en un pequeño canal que había ido abriendo la arena, corría por la superficie un corto trecho y luego volvía a desaparecer bajo tierra.

–Gracias, *Tim* –dijo Jorge–. Julián, ¿será esta agua buena para beber?

–Estoy seguro de que podemos beberla –respondió Julián. Y añadió, señalando hacia la derecha–: Los Bartle debieron de instalar aquella cañería en aquel banco de arena para recoger el agua de otra fuente mayor. Seguro que es potable.

–¡Perfecto! –exclamó Ana–. Está muy cerca de la cantera, y tan fría como el hielo. Probadla y veréis.

Todos la probaron, bebiendo en el hueco de la mano. Era un agua limpia y fresquísima.

El páramo debía de estar lleno de manantiales que brotaban como aquel por debajo de la arena. Eso explicaba las zonas de vegetación que aparecían aquí y allá.

—Ahora sentémonos a merendar –dijo Ana, abriendo su mochila–. Aunque hace demasiado calor para tener apetito.

—Para nada, Ana –dijo Dick–. ¡Habla por ti! Yo me muero de hambre.

Se sentaron en la soleada cantera, sobre la caldeada arena.

—¡Lejos de todo! –exclamó alegremente Ana–. ¡No hay un alma en varios kilómetros a la redonda!

Pero se equivocaba. Había alguien, y mucho más cerca de lo que ella creía.

CAPÍTULO 13

Un ruido en la noche

Tim fue el primero en advertir que había alguien cerca, y levantó las orejas para escuchar. Jorge lo vio.

–¿Qué pasa, *Tim*? No será que se acerca alguien, ¿verdad?

Tim emitió un gruñido ahogado. Parecía no estar completamente seguro de sí mismo. Luego dio un salto, moviendo la cola, y salió de la cantera.

–¿Adónde irá? –preguntó Jorge, sorprendida–. Mirad, ya vuelve.

En efecto, volvía. Y con él llegaba un extraño perrillo. ¡Era *Liz*! No estaba segura de ser bien recibida.

Se acercó a los niños arrastrándose. Nunca se había parecido tanto a un pedacito de alfombra.

Tim saltaba alegremente a su alrededor. Estaba encantado, como si hubiera encontrado a su mejor amiga.

Jorge acarició a la graciosa perrita y Julián quedó pensativo.

—Espero que esto no signifique que estamos cerca del campamento de los trotamundos —dijo—. A lo mejor, estas vías terminan cerca de allí. Estoy desorientado.

—¡Espero que no! —exclamó Ana, inquieta—. Los enemigos de los Bartle debieron de acampar cerca de aquí antes de lanzarse al ataque. Así que quizá su campamento también está cerca.

—¿Qué importa que estén cerca? —dijo Dick—. ¿Les tenéis miedo? ¡Pues yo no!

Todos callaron, pensativos, mientras *Liz* lamía la mano de Ana. De pronto, un ruido que todos conocían rompió el silencio. Era Husmeador sorbiendo aire por la nariz.

—¡Husmeador! —le llamó Jorge—. Sal de donde estés escondido. Te acabo de oír.

Un par de piernas surgieron de un gran brezo que se alzaba en el borde de la cantera. Luego apareció el flaco cuerpecillo de Husmeador, que se acercó hasta estar enfrente de ellos.

Allí permaneció inmóvil, mirándolos. No se atrevía a acercarse más: temía no ser bien recibido.

–¿Qué haces aquí? –le preguntó Dick–. Supongo que no estarías espiándonos.

–Nada de eso –respondió Husmeador–. Nuestro campamento está cerca de aquí. *Liz* debió de oíros, pues echó a correr hacia aquí. Yo he venido siguiéndola.

–¡Oh, no! –dijo Jorge–. Creíamos que no habría nadie cerca. ¿Sabe alguien del campamento que estamos aquí nosotros?

–Todavía no –respondió Husmeador–, pero lo sabrán. Siempre descubren a los que se acercan. Pero yo no diré nada si queréis.

Dick le dio una galleta.

–Bueno, intenta no decir nada –le dijo–. Nosotros no nos metemos con nadie y no queremos que nadie se meta con nosotros, ¿comprendes?

Husmeador asintió con un movimiento de cabeza. Luego se llevó la mano al bolsillo y sacó el pañuelito blanco y rojo que Jorge le había regalado. Estaba todavía limpio y cuidadosamente doblado.

–Aún no lo he ensuciado –le dijo.

–Mal hecho –dijo Jorge–. Es para tu nariz. ¡No, no te limpies con la manga!

Husmeador no podía entender por qué tenía que utilizar un precioso pañuelo limpio cuando disponía de una manga, y volvió a guardárselo cuidadosamente en el bolsillo.

Liz corrió hacia él moviendo la cola, y Husmeador acarició a su perrita. Luego se acercó *Tim*, y el niño se puso a jugar con los dos perros.

Los cuatro terminaron de merendar, dieron una última galleta a Husmeador y empezaron a recoger y guardar sus cosas. Ahora que sabían que el campamento estaba cerca, no creían prudente dejar nada a la vista.

–Hasta luego, Husmeador –le dijo Julián–. Y acuérdate de que no queremos que nos espíes. *Tim* te descubrirá inmediatamente y te perseguirá si te acercas con esa intención. Si quieres vernos, silba cuando estés llegando, pero nada de venir a escondidas. ¿Comprendido?

–Comprendido –dijo Husmeador, poniéndose en pie.

Volvió a sacar el pañuelo del bolsillo, saludó a Jorge agitándolo en el aire y se alejó llevando a *Liz* pegada a sus talones.

–Voy a ver a qué distancia estamos del campamento de los trotamundos –dijo Julián, saliendo de la cantera.

Una vez en el páramo, miró en la dirección que había seguido Husmeador. Distinguió la colina en cuya ladera los trotamundos habían instalado sus caravanas.

No estaban a más de cuatrocientos metros, pero era lo suficientemente lejos para que, con suerte, no los descubrieran.

«A no ser que Husmeador les diga que estamos aquí –pensó Julián–. Bueno, de todos modos podemos pasar la noche aquí y marcharnos mañana por la mañana a otro sitio que nos parezca mejor».

Como tenían ganas de saltar y correr, se pusieron a jugar a la pelota en el arenal. *Tim* participó en el juego con entusiasmo, pero, al ver que siempre era el primero en alcanzar la pelota, los niños lo ataron para poder jugar ellos. El perro les volvió la espalda, ofendido y malhumorado.

–Ahora se parece a ti, Jorge –bromeó Dick.

Y recibió en respuesta un pelotazo en la cabeza lanzado por la indignada Jorge.

Nadie tenía apetito. Julián sacó una cantimplora de aluminio y fue a llenarla a la fuentecilla para todos. Era un agua verdaderamente deliciosa.

–¿Cómo le irá a Enrique? –preguntó Ana–. Sus tías no cesarán de mimarla. Estaba tan rara con esa ropa.

–Le queda mejor la ropa de chico –comentó Dick–. Como a ti, Jorge –se apresuró a añadir–. Y las dos sois muy valientes.

–¿Cómo sabes que Enriqueta es valiente? –preguntó Jorge, en tono despectivo–. Solo por sus estúpidas historias. Estoy segura de que todo lo que cuenta son exageraciones o invenciones suyas.

Julián cambió de tema.

–¿Creéis que necesitaremos las alfombras esta noche? –preguntó.

–¡Claro que las necesitaremos! –respondió Ana–. Ahora hace calor y la arena está caldeada por el sol, pero ya veréis cuando anochezca. Aunque si tenemos frío, podemos refugiarnos en esas acogedoras cuevas. Están calentitas. Antes he entrado en una.

No tardaron en irse a dormir. Los chicos se instalaron en un lado de la cantera y las chicas en el otro. *Tim*, como de costumbre, se echó a los pies de Jorge, lo que fue una verdadera molestia para Ana.

–Está encima de mis pies –protestó–. Es tan largo que ocupa las piernas de las dos. Haz que se mueva, Jorge.

Jorge lo hizo, pero apenas se durmieron las niñas, *Tim* volvió a tenderse cómodamente sobre las piernas de las dos. Se quedó dormido, pero con los oídos abiertos.

Oyó el paso furtivo de un erizo, luego a los conejos que salían de sus madrigueras y correteaban en la oscuridad de la noche. Oyó croar a las ranas en una charca, a lo lejos, e incluso llegó a percibir, gracias a su extraordinario oído, el tintineo del agua que fluía de la fuentecilla.

En la cantera reinaban una quietud y un silencio absolutos. Había luna, pero ya tan menguada, que las estrellas daban más luz que ella.

De pronto, *Tim* levantó una oreja; luego, la otra. Estaba dormido todavía, pero su oído funcionaba a la perfección.

En el silencio de la noche se oyó un zumbido que aumentaba gradualmente, mientras se iba acercando. *Tim* se despertó del todo y prestó atención con los ojos ya completamente abiertos.

El ruido se oía cada vez más claramente. Dick se despertó también. ¿Qué sería aquello? ¿Un avión? Si lo era, volaba a muy poca altura. ¿Pretendería aterrizar en el páramo en la oscuridad? Imposible.

Dick despertó a Julián y los dos salieron de la cantera.

—Desde luego, es una avioneta —dijo Dick en voz baja—. ¿Qué estará haciendo? No parece que quiera aterrizar. Ha pasado ya dos o tres veces a escasa altura, describiendo círculos.

—A lo mejor, tiene alguna avería —dijo Julián—. Mira, ya se acerca otra vez.

—¿Qué será aquella luz? —preguntó de pronto Dick, señalando hacia el este—. ¿No la ves? Es una especie de resplandor. No está muy lejos del campamento de los trotamundos.

—Pues no sé lo que será —respondió Julián, perplejo—. No es una hoguera, porque no se ven llamas ni el brillo del fuego.

—Debe de ser alguna señal para la avioneta —dijo Dick—. El aparato no cesa de describir círculos sobre la extraña luz. Vigilemos.

Continuaron observándolo. El pequeño avión siguió describiendo círculos sobre aquel resplandor, o lo que fuera; luego, repentinamente, se elevó, dio una vuelta más y se dirigió hacia el este.

—¡Ya se va! —exclamó Dick, forzando la vista—. No puedo distinguir qué clase de avión es, pero sí que es muy pequeño.

—¿A qué habrá venido? —preguntó Julián—. Creía que esa luz era para facilitarle el aterrizaje. Aunque no sé cómo podría aterrizar aquí una avioneta. Pero no ha intentado descender: ha dado unas vueltas y se ha alejado.

—¿De dónde habrá venido? —pregunté Dick—. Supongo que de la costa, del otro lado del mar. ¿No?

—Ni idea —respondió Julián—. ¡Qué extraño! ¿Qué relación pueden tener los trotamundos con los aviones?

—Bueno, es que no sabemos si tienen nada que ver con él —dijo Dick—. Lo único que sabemos es que hemos visto una luz... ¡Mira! ¡Ahora se vuelve a ver!

Mientras la miraban, la luz se apagó y el páramo volvió a quedar sumido en la oscuridad.

—¡Qué raro es todo esto! —exclamó Julián—. No entiendo nada. Seguro que los trotamundos esconden algo. La manera cómo han llegado aquí, a escondidas, sin ningún motivo aparente. Y además no les gusta tenernos cerca, eso está claro.

—Creo que deberíamos investigar esa luz —dijo Dick—. Podríamos acercarnos mañana al campamento. Tal vez Husmeador nos aclare el misterio.

—Tal vez —dijo Julián—. Se lo preguntaremos. Ahora volvamos a la cantera. Empiezo a tener frío.

Entraron en la cantera, resguardándose del frío. Las niñas estaban profundamente dormidas. *Tim* no las había despertado al irse con los chicos. También a él le había desconcertado aquella avioneta, pero no había ladrado. Julián se alegró, ya que los ladridos de *Tim* habrían llegado al campamento de los trotamundos, revelándoles que había alguien acampando cerca.

Los dos hermanos se volvieron a tapar con la manta, muy juntos para darse calor. Pero pronto les pasó el frío y Dick apartó la manta. Minutos después, los dos dormían profundamente.

Tim fue el primero en despertar, al sentir el cálido sol de la mañana. Se desperezó, y Ana se incorporó dando un grito.

—¡Aparta, *Tim*! ¡Buen susto me has dado! Si quieres desperezarte encima de alguien, ahí tienes a Jorge.

Los chicos se despertaron y fueron a la fuente, donde se lavaron y llenaron una cantimplora de agua para beber. Ana preparó el desayuno, y mientras comían, Julián y Dick explicaron a las chicas la visita nocturna de la avioneta.

—Qué extraño —dijo Ana—. Seguro que la luz que visteis era una señal para el avión. Vayamos a ver qué era. Tiene que ser alguna especie de fuego.

—De acuerdo —aprobó Dick—. Sugiero que vayamos esta misma mañana. Suerte que tenemos a *Tim* por si nos tropezamos con los trotamundos.

CAPÍTULO 14

Los trotamundos no están contentos

Julián y Dick fueron al lugar donde habían estado la noche anterior, intentando recordar el lugar exacto en que habían visto la luz.

—Creo que salía de detrás del campamento de los trotamundos, hacia la izquierda —dijo Julián—. ¿No, Dick?

—Sí, por ahí cerca —dijo Dick—. ¡Jorge, Ana, nos vamos! —añadió levantando la voz—. ¿Venís? ¡Podemos dejar todo nuestro equipaje escondido en las cuevas! ¡No tardaremos en volver!

—¡Creo que *Tim* se ha clavado una espina en una pata! —dijo Jorge, también a gritos—. ¡Va cojeando! ¡Ana y yo nos quedaremos para sacársela! ¡Id vosotros! ¡Pero no os metáis en problemas con los trotamundos!

—¡No te preocupes! —respondió Julián—. ¡Tenemos el

mismo derecho que ellos a acampar en el páramo, y ellos lo saben! ¡Bueno, os dejamos aquí con *Tim*! ¿Seguro que no nos necesitas para curarlo?

–¡Oh, gracias! –dijo Jorge–. ¡Lo puedo curar yo sola!

Dick y Julián se alejaron, dejando a Jorge y Ana curando la pata del perro. Se había metido entre las ramas de una aulaga, persiguiendo a un conejo, y se le había clavado una espina en una pata. La espina se había roto y la punta había quedado dentro. No era extraño que *Tim* cojeara. Jorge no lo tendría fácil para sacar aquella punta.

Julián y Dick se alejaron por el páramo. Era un día de temperatura estival, impropia del mes de abril. No había ni una sola nube en el cielo, un cielo tan azul como los nomeolvides.

Los chicos tenían mucho calor con los jerséis. Se los hubieran quitado, pero también les habrían molestado.

El campamento no estaba muy lejos, así que no tardaron en llegar a la estraña colina que se alzaba sobre la llana extensión del páramo. El campamento seguía allí. Julián y Dick vieron un pequeño grupo de hombres sentados que hablaban muy serios.

–Estoy seguro de que están hablando de la avioneta –dijo Dick–. Y también de que fueron ellos quienes encendieron la luz, o el fuego, o lo que fuera. Era una señal para el piloto. No sé por qué no aterrizó.

Se acercaron al campamento, protegido por los altos arbustos de aulaga. No querían que los vieran. Por suerte, los perros que estaban junto al grupo de hombres no advirtieron su presencia.

Los dos hermanos se dirigieron al lugar en que creían haber visto el resplandor, un poco a la izquierda y apartado del campamento.

—Aquí no hay nada especial —dijo Julián, deteniéndose y mirando a su alrededor—. Esperaba encontrar restos de fuego.

—¡Espera! ¿Qué es aquello? —dijo Dick, señalando una especie de hondonada—. Parece una vieja cantera, como la que utilizamos como campamento, pero excavada hacia abajo, y más pequeña, mucho más pequeña. Seguro que ahí estaba el fuego.

Se acercaron a la cantera. Era mucho más profunda que la suya, y se notaba que había sido explotada hacía más tiempo. En el centro había un hoyo. Se veía algo extraño en el fondo. ¿Qué sería aquello?

Los dos muchachos bajaron a la cantera y se dirigieron al hoyo. Había un objeto de gran tamaño que apuntaba al cielo.

–Es una lámpara –dijo Julián–, un proyector de gran potencia, como el que se utiliza para guiar los aviones cuando aterrizan. ¡Qué raro ver uno aquí!

–¿De dónde lo habrán sacado los trotamundos? –preguntó Dick–. ¿Y por qué le harían señales a un avión que no aterrizó? Aunque parecía que quería, ya que estuvo dando vueltas en círculo.

–Quizá los trotamundos le indicaron que no era seguro que aterrizara, por algún motivo –dijo Julián–. O quizá tenían que darle algo y aún no lo tenían preparado.

–Bueno, es un misterio –dijo Dick–. No sé qué será, pero aquí ocurre algo extraño. Vamos a echar un vistazo.

No encontraron nada más, solo el camino que conducía al reflector y continuaba hasta un poco más allá. Cuando lo estaban examinando oyeron un grito. Dieron media vuelta y vieron la figura de un trotamundos en el borde del hoyo.

–¿Qué hacéis aquí? –les preguntó secamente.

Llegaron más hombres, y todos se quedaron mirando a los chicos en actitud amenazadora mientras salían del hoyo.

Julián decidió ser sincero.

–Hemos venido a acampar en el páramo una o dos noches –dijo–. Vimos volar muy bajo una avioneta. También vimos una luz que parecía hacerle señales y hemos venido a ver qué era. ¿Oyeron el avión?

–Quizá sí, quizá no –respondió el trotamundos que estaba más cerca y que era el padre de Husmeador–. ¿Qué importancia tiene eso? Todos los días vuelan aviones sobre el páramo.

–Hemos encontrado una potente lámpara –dijo Dick, señalándola–. ¿Saben algo de eso?

–No –dijo el hombre, frunciendo las cejas–. ¿Qué lampara?

–Bueno, nada le impide ir a echarle una mirada –dijo Julián–. Bajen a verla. Pero ¡me extraña que no vieran la luz anoche! Es un muy buen lugar para esconder una luz así.

–No sabemos nada de lámparas ni de aparatos –dijo otro hombre, el viejo de cabello gris–. Aquí acampamos siempre. No nos metemos en nada ni con nadie. Pero si alguien se mete con nosotros, procuramos que no le queden ganas de volver a hacerlo.

Los dos muchachos pensaron en el antiguo misterio de la desaparición de los Bartle. Empezaron a sentirse un poco incómodos.

–Bueno, ya nos vamos, así que no se preocupen –dijo Julián–. Como les he dicho, solo acamparemos aquí un par de noches. No volveremos a acercarnos, ya que tanto les molesta nuestra presencia.

En este momento, Julián vio a Husmeador, que atravesaba el grupo de hombres. Lo seguía *Liz*, que, por alguna razón que solo ella conocía, andaba sobre sus patas traseras. Husmeador tiró del brazo de su padre.

–Son amigos –dijo–. Ya sabes que *Clip* se curó la pata gracias a ellos.

Pero la única respuesta que obtuvo fue un golpe brutal que lo derribó. *Liz* se puso sobre sus cuatro patas, corrió hacia su amito y empezó a lamerlo.

–¡Deje al chico! –exclamó Julián, indignado–. ¡No tiene ningún derecho a pegarle así!

Husmeador había lanzado un grito tan agudo, que varias mujeres salieron de las caravanas cercanas, y llegaron corriendo para ver qué sucedía. Una de las mujeres le empezó a gritar al padre de Husmeador, y este le respondió, empezando una disputa entre los hombres y las furiosas mujeres. Una de ellas se había arrodillado junto al pobre Husmeador y le pasaba un trapo húmedo por la cabeza.

–Vámonos. Creo que es lo mejor que podemos hacer –dijo Julián a Dick–. ¡Qué gente tan poco amistosa! Excepto el pobre Husmeador, que ha salido en muestra defensa.

Los dos chicos se fueron rápidamente, estaban contentos de dejar atrás a los trotamundos y sus perros. No entendían nada. Aquellos hombres habían dicho que no sabían nada de la lámpara, pero era evidente que mentían: nadie más que ellos podían haberla encendido la noche anterior.

Cuando se reunieron con las chicas, les contaron lo ocurrido.

–Tenemos que volver a los establos –dijo Ana–. Aquí sucede algo raro. Sin saber cómo, nos vamos a ver enzarzados en una aventura.

–Nos quedaremos una noche más –decidió Julián–. Quiero ver si vuelve la avioneta. Los trotamundos no saben dónde hemos acampado. El único que lo sabe es Husmeador, pero estoy seguro de que no lo dirá. Ha demostrado ser un valiente al defendernos delante de su padre.

–Bien, nos quedaremos –dijo Jorge–. No quiero que *Tim* ande demasiado hoy. Creo que le he sacado la espina de la pata, pero todavía no puede apoyarla en el suelo.

–Pero hay que ver cómo corre con tres patas –dijo Dick, mirando a *Tim*, que correteaba por la cantera persiguiendo los conejos, como de costumbre.

–¡Tim ha removido un montón de arena! –dijo Julián, observando los agujeros que había excavado buscando las madrigueras–. Habría sido una gran ayuda para los Bartle cuando extraían arena. ¡Pobre *Tim*! Con su pata enferma, no caza ni un conejo.

Pero *Tim* seguía corriendo con tres patas. Le encantaba que todos estuvieran pendientes de él cuando le sucedía algo, y hacía todo lo posible por sacar el máximo partido de su cojera.

Se pasaron el día descansando. No se podía hacer mucho más con tanto calor. Fueron a la fuente, se sentaron, y sumergieron los pies en el canal, deliciosamente fresco, que había formado el manantial. Después estuvieron examinando de nuevo la vieja locomotora, volcada y medio enterrada.

Dick empezó a quitar la arena que cubría la cabina del maquinista, y los otros empezaron a ayudarle. Dejaron al descubierto las palancas e intentaron moverlas. Pero, naturalmente, no lo consiguieron.

–Pasemos al otro lado del matorral de aulagas –dijo Dick–. Así podremos ver la chimenea de la locomotora.

Bueno, pero apartemos estas matas espinosas primero, que me están acribillando. Ahora entiendo por qué el pobre *Tim* no quiere acercarse.

Cortaron las aulagas que cubrían la máquina para poder verla bien.

Todos se asombraron al ver la chimenea, tan larga como las de las primeras locomotoras que circularon.

–Está llena de arena –dijo Dick, empezando a escarbar para extraerla.

Al no estar muy apretada la arena, pronto pudo verse el interior de la chimenea.

–Es divertido imaginarse cómo salía el humo de esta extraña y vieja chimenea –continuó Dick–. ¡Pobre cacharro! Hace años y años que está aquí, y ya nadie se acuerda de ella. Es raro que no hayan intentado rescatarla.

–Recuerda lo que nos dijo el herrero –intervino Jorge–. La hermana de los Bartle no quiso saber nada de las vías ni del tren que venía a recoger la arena. Y una persona sola tampoco podría mover este trasto tan grande.

–A lo mejor –dijo Ana– somos nosotros los únicos que sabemos dónde está esta vieja locomotora. Está tan escondida que solo se puede descubrir por casualidad.

–De repente, se me ha abierto el apetito –dijo Dick, dejando de sacar arena de la chimenea–. ¿Y si comiéramos algo?

–Nos queda comida para un día o dos –advirtió Ana–. Luego tendremos que volver a los establos, para traer más provisiones o para quedarnos.

–Quiero pasar otra noche aquí –declaró Julián– para ver si vuelve la avioneta.

–Nos quedaremos –dijo Jorge–. Y esta noche vigilaremos todos. Será divertido. Ahora vayamos a comer algo. ¿No te parece, *Tim*?

A *Tim* le parecía bien. Seguía andando solo con tres patas, aunque la otra ya no le dolía. ¡*Tim*, eres un comediante!

CAPÍTULO 15

Una noche agitada

En todo el día, ningún trotamundos se les acercó, ni siquiera Husmeador. El atardecer fue tan apacible y casi tan cálido como había sido el resto del día.

–¡Es extraordinario! –exclamó Dick–. ¡No parece abril! Las campanillas florecerán pronto si el sol sigue calentando así.

Los cuatro niños estaban tendidos en la arena de la cantera, contemplando la estrella vespertina. Parecía muy grande, brillante y redonda.

Tim seguía excavando en la arena.

–Tiene la pata mucho mejor –dijo Jorge–. Pero a veces la levanta como si le doliera.

–Solo lo hace –explicó Dick– cuando quiere que le digas: «¡Pobrecito *Tim*! ¿Te duele mucho?». Es como un niño: le gusta que lo mimen.

Estuvieron charlando un rato más. De pronto, dijo Ana, bostezando:

–Ya sé que todavía es muy temprano, pero me voy a dormir.

Fueron todos hacia el manantial y se lavaron con el agua fresca. No había más que una toalla, pero fue suficiente.

Luego se echaron en sus lechos de arena, una arena tan deliciosamente caldeada, que nadie utilizó las lonas. No podía quedar ni rastro de humedad en la cantera, después de haber recibido el fuerte calor del sol durante todo el día.

–Confío en que nos despertaremos cuando venga el avión..., si viene –dijo Julián a Dick mientras se tendían en el blando lecho de arena–. ¡Qué suelo tan caliente! No me extraña que *Tim* esté jadeando.

No tardaron en dormirse; pero Dick se despertó de pronto, sintiendo mucho calor. ¡Qué noche! Estuvo un rato contemplando las brillantes estrellas y cerró nuevamente los ojos. Pero fue inútil: no podía volver a conciliar el sueño.

Se incorporó con cuidado para no despertar a Julián.

«Voy a ver si se enciende de nuevo aquel proyector escondido en el hoyo», se dijo.

Subió al borde de la cantera, miró hacia el campamento de los trotamundos y lanzó una exclamación.

«¡Está encendido! El proyector no se ve, pero su luz es tan potente que distingo desde aquí su resplandor. Desde arriba debe de verse muy bien. Me pregunto si llegará la avioneta ahora que han encendido la luz».

Prestó atención y oyó un ruido sordo, una especie de zumbido que llegaba del este. ¿Sería la avioneta? ¡Aterrizaría esta vez? Y ¿Quién viajaría en ella?

Dick corrió a despertar a Julián y a las niñas. *Tim* se despertó también y empezó a mover la cola. Siempre estaba dispuesto para todo, aunque fuera a medianoche.

Ana y Jorge se levantaron, muy emocionadas.

–¿Se ha vuelto a encender el foco? Se oye perfectamente el ruido del avión. ¡Qué emocionante! Oye, Jorge: que *Tim* no ladre y nos descubra.

–No lo hará. Ya le he dicho que se calle... ¡Mirad! ¡El avión se acerca!

El zumbido se percibía ya tan claramente, que se podía localizar la avioneta en el cielo. Julián tocó a su hermano con el codo.

–Mira, ahora puedes verla. Está ahí sobre el campamento de los trotamundos.

Dick consiguió verla.

–Es muy pequeña –dijo–. Todavía más pequeña de lo que me pareció anoche... ¡Mirad! ¡Está bajando!

Pero no aterrizó. Se quedó muy bajo, describiendo círculos, como la noche anterior. Luego se remontó y volvió a bajar hasta casi tocar las cabezas de los muchachos.

Entonces sucedió algo inesperado: un objeto cayó cerca de Julián, un objeto que rebotó y volvió a caer y entonces quedó inmóvil.

El ruido que hizo al chocar contra el suelo sobresaltó a los cuatro. Y también a *Tim*, que lanzó un débil gemido.

¡Bum! Algo más cayó. ¡Bum, bum, bum!

Ana gritó:

–¿Nos están bombardeando? ¿Qué hacen, Julián?

¡Bum! ¡Bum!

Julián se agachó, tan cerca se oyeron los últimos ruidos, asió el brazo de Ana y la condujo a la cantera, a la vez que llamaba a Dick y a Jorge.

–¡Venid! ¡Rápido! ¡Todos a las cuevas! Esas cosas que tiran nos pueden hacer daño.

Todos corrieron a la cantera mientras el avión describía un nuevo círculo, arrojando aquellos paquetes que chocaban ruidosamente con el suelo. Algunos cayeron en el interior de la cantera. *Tim* recibió el susto de su vida al sentir que un objeto caía sobre su hocico. Lanzó un aullido y corrió hacia Jorge.

Pronto estuvieron todos guarecidos en las cuevas de la cantera.

El avión dio una vuelta más y se oyó de nuevo el ruido de los objetos al golpear contra el suelo. Oyeron como esta vez también caían algunos paquetes en el interior de la cantera y se alegraron de estar en un sitio seguro.

—Bueno, al menos no es nada explosivo –dijo Dick en tono de alivio–. Pero ¿qué será? ¿Y por qué? Esta es la aventura más extraña que hemos tenido.

—Seguramente, estamos soñando –dijo Julián en broma–. Pero no, ni siquiera un sueño puede ser tan disparatado. Estamos en una cueva de una cantera de arena del Páramo Misterioso, mientras un avión arroja objetos a nuestro alrededor en plena noche. Esto es verdaderamente increíble.

—Me parece que ya se aleja el avión –dijo Dick–. Ha dado otra vuelta sin tirar nada y ya va remontando. Sí, se aleja. Hace un momento, cuando estábamos en el borde de la cantera, estaba volando a tan poca altura, que pensé que podía cortarme la cabeza.

—Yo pensé lo mismo –dijo Ana, alegrándose de que

la avioneta no diera más vueltas ni arrojara más objetos misteriosos–. ¿Podemos salir ya?

–Sí –dijo Julián, levantándose y sacudiéndose la arena de la ropa–. Venid. Si el avión vuelve, lo oiremos enseguida. Estoy deseando ver qué es lo que ha tirado.

Todos echaron a correr en busca de los paquetes. El resplandor de las estrellas alumbraba lo suficiente para que no fuera preciso encender las linternas.

Julián fue el primero en encontrar lo que buscaban. Era un paquete duro y alargado, muy bien envuelto y cosido en un trozo de lona.

–Ningún nombre. Nada –dijo–. Esto es muy excitante. A ver quién adivina lo que hay dentro.

–¡Jamón para el desayuno, espero! –dijo Ana al instante.

–¡Qué tonta! –exclamó Julián, sacando un cortaplumas para cortar el hilo con que estaba cosida la lona–. Sin duda son cosas de contrabando. A esto se dedica el avión. Ha traído contrabando de Francia y lo ha dejado caer en un lugar convenido de antemano. Los trotamundos tienen que recogerlo y llevarlo, escondido en sus caravanas, al punto de destino. Es ingenioso, ¿verdad?

–Oh, Julián, ¿crees que es eso? ¿Y qué habrá en los paquetes? ¿Cigarrillos?

–No; si hubiera cigarrillos, no pesarían tanto. Bueno, ya está cortado el hilo.

Todos se apiñaron alrededor de Julián. Jorge sacó del bolsillo una linterna y la encendió para que todos pudieran ver mejor el contenido del paquete.

Julián quitó la lona. Entonces apareció un papel recio de color marrón. Lo quitó también y quedó al descubierto un paquete de cartón atado con una cuerda. Después de cortarla y arrojarla al suelo, Julián abrió el paquete y exclamó emocionado:

–A ver qué tenemos aquí… Hojas de papel. Muchísimas hojas. ¡Acerca la linterna, Jorge!

Los cuatro miraron atentamente y en silencio lo que Julián tenía en las manos.

–¡Diantre! ¿Veis lo que es? –exclamó Julián, sobrecogido–. ¡Es dinero! ¡Son dólares! ¡Billetes de dólares americanos! Pero mirad, son billetes de cien dólares. ¡Y solo en este paquete hay montones de estos billetes!

Los cuatro se miraban asombrados mientras Julián seguía vaciando el paquete.

¿Cuánto dinero habría ahí?

–¡Mirad lo que hay en un solo paquete! –continuó Julián–. Y pensad que han tirado varias docenas de paquetes como este. ¿Sabéis lo que esto significa?

–Sí –respondió Jorge–: que hay muchos miles de dólares a nuestro alrededor, no solo en la cantera, sino también fuera de ella. Yo creo que estamos soñando.

–Pues es un sueño muy extraño –dijo Dick–. Soñar que se tienen muchos miles de dólares no es cosa corriente. Julián, ¿no será mejor recoger todos los paquetes que ha tirado el avión?

–Sí –dijo Julián–. Ahora empiezo a entenderlo todo. Los contrabandistas vienen en avión desde Francia, por ejemplo, y dejan caer estos paquetes en un lugar solitario del páramo y convenido de antemano. Los trotamundos les hacen señales con el proyector para guiarlos, y luego recogen los paquetes.

–Sí, ya lo veo –dijo Dick–: recogen los paquetes, los cargan en sus caravanas, emprenden la marcha a través del páramo y van a entregarlos a alguien que, sin duda, los remunera espléndidamente.

–Sí –dijo Julián–, pero no me explico por qué traen los dólares de contrabando, pudiendo entrarlos libremente, sin necesidad de esconderlos.

–Tal vez sea dinero robado –sugirió Jorge–. En fin, lo cierto es que ahora entiendo por qué les hizo tan poca gracia a esa gente que estuviéramos por aquí.

–Bueno, lo mejor que podemos hacer es recoger todos

los paquetes y volver a los establos sin perder tiempo –dijo Julián recogiendo un nuevo envoltorio que tenía a su alcance–. Está claro que los trotamundos vendrán a buscarlo. Tenemos que irnos antes de que lleguen.

Los cuatro se pusieron a recoger paquetes. Reunieron unos sesenta y todos juntos tenían un peso considerable.

–Pongámoslos en lugar seguro –dijo Julián–. ¿Y si los escondiéramos en una de las cuevas de la cantera? No sé cómo vamos a llevar todo eso.

–Podríamos envolverlos en las mantas, atar las puntas y llevarlos en un fardo –propuso Jorge–. Sería estúpido esconderlos en la cantera. Es el primer sitio donde los trotamundos los buscarán.

–Bien, seguiremos tu plan –respondió Julián–. Creo que ya hemos recogido todos los paquetes. Traed las mantas.

La idea de Jorge fue un éxito. La mitad de los paquetes se colocó en una manta, y la otra mitad en la otra. Luego ataron los extremos de las dos.

–Esto ha quedado muy bien. Las mantas son grandes y fuertes –dijo Dick, atando firmemente la suya–. Pero es un poco difícil llevarlas a la espalda. ¿La puedes llevar bien tú, Julián?

–Sí. ¡Hala, vámonos! Vamos hacia las vías. Dejemos aquí todo lo demás. Ya volveremos a recogerlo. Tenemos que irnos antes de que lleguen.

De pronto, *Tim* empezó a ladrar.

–Esos ladridos significan que los trotamundos se acercan –dijo Dick–. Démonos prisa. Sí, se acercan: ya oigo sus voces. Por lo que más queráis, ¡CORRED!

CAPÍTULO 16

La terrible niebla

En efecto, los trotamundos se acercaban. Se oían los ladridos de sus perros. Los cuatro niños corrieron hacia la cantera, seguidos de *Tim*, que iba pisándoles los talones.

–Tal vez no sepan que estábamos en la cantera –dijo Dick, jadeando–. Seguramente vienen a recoger los paquetes. Mientras los buscan podemos alejarnos un poco. ¡Daos prisa!

Cuando llegaron al punto en que terminaban las vías, los perros los oyeron y empezaron a ladrar y a gruñir.

Los trotamundos se detuvieron para ver qué los había excitado y entonces distinguieron las sombras de los cuatro niños que se movían a lo lejos. Uno de los gitanos gritó:

–¡Eh! ¡Deteneos! ¿Quiénes sois? ¡He dicho que os detengáis!

Pero los cinco no se detuvieron. Avanzaban ya entre los raíles, alumbrándose con las linternas de Jorge y Ana. Los chicos no habían sacado las suyas, porque bastante trabajo les daba el transporte de las pesadas mantas.

–¡Rápido! ¡Rápido! –murmuró Ana.

Pero era imposible correr más deprisa en ese suelo arenoso.

–Me parece que están a punto de alcanzarnos –dijo de pronto Julián–. Mira hacia atrás, Jorge.

Jorge miró atrás.

–No puedo ver a nadie; no puedo ver nada. ¡Es muy extraño! ¡No sigamos, Julián! Aquí pasa algo raro...

Julián se detuvo y miró a su alrededor. Hasta entonces solo había mirado hacia el suelo para no tropezar. Era difícil ver por dónde iba, pese a que Ana iluminaba el camino con su linterna. Levantó la mirada al oír a Jorge, y lanzó una exclamación de sorpresa.

–¡La niebla nos ha envuelto de pronto! Ya no se ven las estrellas. No es extraño que haya oscurecido tan de repente.

–¡La niebla! –exclamó Ana, inquieta–. Supongo que

no será esa espantosa niebla que a veces se extiende por el páramo... ¿Lo es, Julián?

Julián y Dick miraban, atónitos, la espesa niebla que los rodeaba.

–Viene del mar –dijo Julián–. ¿No percibís el olor del agua salada? Ha llegado tan de repente como nos dijeron que llega siempre. Y cada vez es más densa.

–¡Qué suerte que hayamos llegado ya a las vías! –exclamó Jorge–. ¿Qué hacemos? ¿Seguimos adelante?

Julián se detuvo un momento, pensativo.

–Los trotamundos no nos seguirán con esta niebla –dijo–. Yo escondería el dinero en alguna parte e iría a avisar a la policía. Si no salimos de los raíles, no podemos perdernos. Pero hemos de tener mucho cuidado de no apartarnos de ellos, o nos perderemos.

–Sí, hagamos eso –dijo Dick, fatigado por el excesivo peso que llevaba–. Pero ¿dónde esconderemos esto? En la cantera no: nos perderemos buscándola en esta horrible niebla.

–Se me ocurre un lugar estupendo –dijo Julián, bajando la voz–. ¿Recordáis la vieja locomotora volcada? Podríamos introducir estos paquetes en su larga chimenea y acabarla de llenar echando arena sobre los fajos. A nadie se le ocurrirá buscar allí estos paquetes.

–¡Qué buena idea! –exclamó Dick–. Los trotamundos pensarán que nos hemos ido con el dinero y no lo buscarán mucho, cuando vean que los paquetes no están. Ya habremos recorrido la mitad del camino cuando decidan perseguirnos, si es que se atreven con esta niebla.

Ana y Jorge también opinaron que la idea de Julián era verdaderamente genial.

–Nunca se me habría ocurrido pensar en la chimenea de la locomotora –dijo Ana.

–Creo que no es necesario que vayamos todos –dijo Julián–. Vosotras y *Tim* os podéis sentar entre los raíles y esperarnos–. No tardaremos en volver. Seguiremos las vías hasta la máquina, meteremos los paquetes en la chimenea y enseguida regresaremos.

–Bien –dijo Jorge, dejándose caer en el suelo–. No os olvidéis de traer las mantas cuando volváis. Ahora hace frío.

Julián y Dick se alejaron, llevándose la linterna de bolsillo de Ana. Jorge se quedó con la suya, y *Tim* se apretujó contra ella, atemorizado por la densa niebla que los había envuelto de pronto.

–Así, *Tim* –dijo Jorge–. Bien pegadito a nosotras. Nos darás un poco de calor. Esta niebla es muy húmeda y cada vez siento más frío.

Julián siguió caminando por las vías, mirando en todas direcciones intentando descubrir a los trotamundos. Pero no veía nada. Aunque hubieran estado a solo unos metros de distancia no los habría podido ver, ya que la niebla se espesaba por momentos.

—Ahora entiendo lo que dijo Ben de que la niebla tenía dedos —dijo Julián, notando como si unos dedos húmedos le rozaran su rostro, sus manos y sus piernas a medida que la niebla se iba haciendo más y más densa.

Dick asintió.

—¡Mira! —dijo dando con el codo a Julián—. Aquí está el corte de las vías. La máquina ha de estar cerca, a solo unos metros.

Salieron con cuidado de las vías. No era posible ver el arbusto de aulaga, pero sí notar su contacto. Julián sintió en las piernas los pinchazos de las espinas. Y supo que estaba junto a la aulaga.

—Enciende la linterna, Dick —murmuró—. Así. ¿Ves la cabina del maquinista? Ahora pasemos al otro lado de la aulaga y encontraremos la chimenea.

—¡Aquí está! —dijo Dick segundos después—. Mírala. Ahora, a trabajar un poco. Echemos dentro los paquetes. ¡Cuántos hay! ¿Cabrán todos?

Estuvieron diez minutos introduciendo paquetes en

la chimenea. Los primeros cayeron en el fondo. Uno a uno, los introdujeron todos. Entonces los apretaron con las manos.

—¡Ya están todos! —exclamó Dick, satisfecho—. Ahora echemos un poco de arena. ¡Uf, cuántas espinas tiene este arbusto!

—Los paquetes han llenado la chimenea casi por completo —dijo Julián—. Apenas queda sitio para la arena, pero podremos echar la suficiente para que el dinero quede completamente oculto. Bueno, ya está. Ahora pon esta rama de aulaga encima. Nunca había visto un arbusto que pinchara tanto. Me ha acribillado.

—¿Oyes a los trotamundos? —preguntó Dick en voz baja, cuando se disponían a volver a los raíles.

Los dos aguzaron el oído.

—No oigo absolutamente nada —dijo Julián—. La niebla los habrá asustado y habrán decidido esperar a que se disperse.

—Tal vez estén en la cantera —dijo Dick—. Allí pueden esperar tranquilamente. ¡Bueno, cuanto más tiempo estén en la cantera, mejor! Ahora ya no encontrarán el dinero.

—¡En marcha! —decidió Julián, dando la vuelta al arbusto—. Creo que hemos salido de las vías por aquí.

Dame el brazo; no debemos separarnos. ¿Habías visto alguna vez una niebla tan espesa? Yo no. Ni siquiera me veo los pies, a pesar de la luz de la linterna.

Después de dar unos pasos, empezaron a buscar los raíles. Pero no los encontraron.

–Avancemos un poco más –dijo Julián.

Y poco después cambió de rumbo.

Pero las vías no aparecían por ninguna parte. ¿Dónde estarían aquellos malditos raíles?

Julián empezó a sentirse inquieto. ¿Qué harían, adónde irían si no encontraban los raíles? ¡Qué habían hecho mal?

Los dos muchachos iban a gatas, buscando los trozos de vía arrancados.

–¡Ya he encontrado uno! –exclamó Dick. Pero enseguida rectificó–: No, no es un trozo de vía; es un madero o algo parecido. ¡Por favor, Julián, no te apartes de mí!

Tras diez minutos de busca infructuosa, los dos hermanos se sentaron en el suelo y pusieron la linterna entre uno y otro.

–Nos hemos desviado al volver de la aulaga a los raíles, a pesar de lo cerca que los teníamos –dijo Julián–. Ahora lo único que podemos hacer es esperar a que se disipe la niebla.

–¿Qué será de Ana y Jorge? –preguntó Dick, inquieto–. Busquemos un poco más. Parece ser que la niebla se va aclarando. Volvamos atrás y a ver si tenemos la suerte de tropezar con los raíles. Si la niebla se aclara, enseguida nos orientaremos.

Volvieron sobre sus pasos, esperanzados al ver que la niebla parecía disiparse, ya que la linterna alumbraba a mayor distancia. De vez en cuando tropezaban con algún objeto duro y creían haber dado con los raíles. Pero se equivocaban. No los pudieron encontrar por mucho que buscaron.

–Gritemos –dijo Julián.

Y los dos gritaron con todas sus fuerzas:

–¡Ana! ¡Jorge! ¿Nos oís?

Se detuvieron a escuchar, pero no recibieron respuesta.

–¡Jorge! –gritó Dick–. *¡Tim!*

Les pareció oír un ladrido lejano.

–Es *Tim* –dijo Julián–. Está por allí.

Avanzaron un poco, a tropezones, y volvieron a gritar. Pero esta vez no oyeron ningún ladrido. No se oía absolutamente nada en aquella espantosa niebla que los envolvía de nuevo.

–Vamos a estar andando toda la noche inútilmente

–dijo Julián, descorazonado–. ¿Por qué habremos dejado a las chicas? ¿Qué haremos si mañana continúa la niebla? A veces dura varios días.

–No pienses eso –dijo Dick, fingiendo una resolución que estaba muy lejos de sentir–. No debemos preocuparnos por las chicas. *Tim* está con ellas y las puede llevar fácilmente a los establos. Para los perros no es obstáculo la niebla.

Julián se tranquilizó; no había pensado en eso.

–Es verdad, había olvidado que estaban con *Tim* –dijo–. Bueno, ya que podemos estar tranquilos, porque sabemos que las chicas tienen un guía excelente, sentémonos a descansar. Estoy rendido.

–Aquí hay un frondoso arbusto –dijo Dick–. Sentémonos entre el ramaje, si podemos, y, por lo menos, estaremos resguardados de la niebla. Suerte que no es una aulaga.

–Ojalá las chicas hayan tenido el suficiente sentido común para no esperarnos e intentar volver a los establos siguiendo las vías –dijo Julián–. ¿Dónde estarán en este momento?

Ana y Jorge no estaban ya donde los chicos las habían dejado. Habían estado esperando durante mucho rato y estaban realmente muy preocupadas.

—Debe de haberles pasado algo —dijo Jorge—. ¿Y si fuéramos a pedir ayuda? Es muy fácil seguir las vías hasta el sitio en que tenemos que dejarlas para dirigirnos a los establos. Además, *Tim* nos guiará. ¿No crees que deberíamos ir en busca de ayuda?

—Sí —dijo Ana, poniéndose en pie—. Vamos, Jorge. ¡Maldita niebla! ¡No se ve nada! Tendremos que llevar mucho cuidado para no salirnos de las vías. Incluso a *Tim* le será difícil orientarse en medio de esta niebla.

Los tres se pusieron en marcha. Ana seguía a Jorge, y *Tim* seguía a Ana. El pobre animal estaba confundido: no comprendía aquel vagabundeo nocturno.

Las dos niñas avanzaban entre los raíles, despacio, dirigiendo al suelo la luz de la linterna y mirando dónde ponían los pies.

Al cabo de un rato Jorge se detuvo, sorprendida.

—¡Las vías están cortadas! —exclamó—. No lo comprendo. No recuerdo que estuvieran arrancadas aquí. Aunque no están arrancadas, simplemente se acaban.

—¡Oh, Jorge! —dijo Ana, inclinándose para examinar los raíles—. ¿Sabes lo que hemos hecho? Hemos seguido las vías hacia arriba, en vez de bajar en dirección a los establos. No sé cómo hemos podido despistarnos de este modo. Mira, aquí es donde están las vías cortadas. Estamos muy cerca de la locomotora volcada y de la mina.

—¡Oh, no! ¡Qué tontas hemos sido! —exclamó Jorge—. Ya ves lo fácil que es perder el sentido de la orientación cuando la niebla nos envuelve.

—No veo ni escucho a los chicos —dijo Ana, atemorizada—. Lo mejor será que nos vayamos a la cantera y esperemos allí hasta que amanezca. Estoy cansada y tengo frío. Nos podemos refugiar en una de esas cuevas de arena donde hay un calorcito tan agradable.

—Sí —dijo Jorge, que también se sentía acobardada—. Sigamos hacia la cantera. Tendremos que ir con mucho cuidado para no perdernos por el camino.

CAPÍTULO 17

Prisioneras

Las dos niñas y *Tim* avanzaban con precaución buscando los raíles que conducían a la cantera. Tuvieron suerte. Llegaron al punto en que los trotamundos habían arrancado las vías hacía muchos años, y después al sitio donde los raíles empezaban de nuevo, para terminar en la cantera.

–¡Aquí están las vías! –exclamó Jorge–. Este es el buen camino. Ahora nos bastará seguir los raíles para llegar a la cantera. Allí estaremos más abrigadas que aquí. Esta niebla es tan húmeda y fría.

–Y llegó tan de repente –dijo Ana, dirigiendo al suelo la luz de su linterna–. No podía creer lo que veían mis ojos cuando la niebla nos envolvía. Yo...

Se detuvo de pronto, al oír un sordo gruñido de *Tim*.

–¿Qué pasa, *Tim*? –le preguntó en voz baja.

El perro estaba inmóvil, con las orejas levantadas y la cola rígida, mirando fijamente a través de la oscuridad.

–¿Qué ocurrirá? –murmuró Ana–. Yo no oigo nada, ¿y tú?

Las dos se pararon a escuchar. No oyeron nada. Entonces continuaron su camino hacia la cantera, diciéndose que *Tim* debía de haber oído pasar algún conejo o algún erizo y que por eso se había puesto a gruñir, como solía hacer en tales casos.

Tim oyó un ruido y se dirigió hacia él, perdiéndose inmediatamente en la niebla.

De pronto, lanzó un agudo ladrido, Luego se oyó un golpe sordo, y *Tim* dejó de oírse.

–¡*Tim*! ¿Qué ha pasado? ¡*Tim*, ven aquí! –gritó Jorge con todas sus fuerzas.

Pero *Tim* no volvió. Las niñas oyeron arrastrar algo pesado. Jorge corrió hacia el lugar de donde procedía el ruido.

–¡*Tim*! ¡*Tim*!, ¿qué ha pasado? –gritó–. ¿Dónde estás? ¿Estás herido?

La niebla la envolvía, y la niña, furiosa al no poder ver nada, la golpeaba con los puños.

–¡*Tim*! ¡*Tim*!

Entonces unas manos le sujetaron los brazos por detrás y una voz le dijo:

—Ven conmigo. Os advertimos que no queríamos chicos curiosos en el páramo.

Jorge se defendía desesperadamente, menos preocupada por ella misma que por *Tim*.

—¿Dónde está mi perro? —gritó—. ¿Qué le han hecho?

—Le he dado un golpe en la cabeza —respondió la voz, que se parecía mucho a la del padre de Husmeador—. Está bien, pero tardará un poco en recobrarse. Volverás a tenerlo si eres razonable.

Pero Jorge no era razonable. Se defendía con todas sus fuerzas, luchaba y se retorcía como un gusano. Todo fue inútil. Las manos que la sujetaban parecían de hierro. Oyó gritar a Ana y comprendió que también la habían apresado.

Cuando Jorge estaba ya harta de luchar, la llevaron junto a Ana.

—¿Dónde está mi perro? —preguntó Jorge, llorando—. ¿Qué le han hecho?

—Tu perro está bien —djo el hombre que iba detrás de ella—. Pero si sigues armando escándalo, le daré otro golpe en la cabeza. ¡De modo que a callar!

Jorge no volvió a rechistar. Ella y Ana fueron conducidas a través del páramo. El recorrido les pareció muy largo, pero, en realidad, solo tuvieron que ir de la cantera al campamento de los trotamundos, que estaba bastante cerca.

–¿Traen también a mi perro? –preguntó Jorge, que no podía dejar de pensar en *Tim*.

–Sí, lo traemos –dijo el hombre–. Lo volverás a tener, sano y salvo, si haces lo que te ordenamos.

Jorge tuvo que contentarse con esta promesa. ¡Qué noche tan horrible! Los chicos se habían marchado, *Tim* estaba herido, y Ana y ella habían sido capturadas y ¡además, aquella implacable niebla las envolvía todo el tiempo!

La niebla se aclaró un poco cuando se acercaron al campamento de los trotamundos. La colina que estaba detrás del campamento no la dejaba avanzar.

Jorge y Ana vieron el resplandor de un fuego y la luz de algunas linternas aquí y allá. Vieron también un grupo de hombres sentados, esperando, y Jorge creyó divisar a Husmeador y a *Liz* a lo lejos. Pero no estaba segura de ello.

«Si pudiera hablar con Husmeador –pensó–. Él descubriría inmediatamente si *Tim* está verdaderamente herido. ¡Por favor, Husmeador, acércate!

Los capturadores llevaron a las niñas junto a una hoguera y las obligaron a sentarse. Un hombre exclamó, sorprendido:

–¡Pero si no son aquellos dos chicos! Habéis traído un chico y una chica. Aquellos eran más altos.

–Las dos somos chicas –dijo Ana, pensando que tal vez aquellos hombres tratarían a Jorge menos rudamente si sabían que no era un chico–. Mi amiga es tan chica como yo.

Ana recibió un codazo de Jorge, pero no hizo caso. No era el mejor momento para mentir. Aquellos hombres eran muy salvajes y estaban furiosos. Creían que aquellos dos chicos les habían desbaratado los planes.

Empezaron a interrogarlas.

–¿Dónde están los chicos?

–No lo sabemos –respondió Ana–. Se perdieron en la niebla. Decidimos regresar y nos separamos por el camino. Jorge... digo Jorgina, y yo volvimos atrás y nos refugiamos de nuevo aquí.

–¿Habéis oído la avioneta?

–Sí, claro.

–¿Habéis oído o visto caer algo?

–Verlo no, pero lo oímos –respondió Ana.

Jorge le dirigió una mirada furibunda. ¿Por qué contestaba a todo? A lo mejor lo hacía por creer que le devolverían a *Tim* si les decía toda la verdad. Jorge cambió enseguida de opinión y dejó de pensar que Ana charlaba demasiado. ¿Qué habría sido de *Tim*?

—¿Habéis recogido lo que tiraba el avión?

El hombre hizo esa pregunta tan de repente, que Ana no supo qué decir. Al fin, contestó sin pensar:

—Sí, hemos recogido algunos paquetes. Tenían una forma muy rara. ¿Qué había dentro?

—Eso no os importa —dijo el hombre—. ¿Qué hicisteis con los paquetes?

Jorge miró fijamente a Ana, preguntándose qué contestaría. ¿Sería capaz de revelar el secreto?

—Yo no hice nada con los paquetes —dijo Ana con tono inocente—. Los chicos dijeron que los esconderían, y se alejaron bajo la niebla. Pero no volvieron. Entonces Jorgina y yo decidimos volver a la cantera y es entonces cuando nos capturaron.

Los hombres se pusieron a hablar entre ellos en voz baja. Después el padre de Husmeador se dirigió de nuevo a las niñas.

—¿Dónde escondieron los paquetes los chicos?

—¿Cómo puedo saberlo? —exclamó Ana—. Yo no iba con ellos.

–¿Crees que todavía los llevarán consigo? –preguntó el hombre.

–¿Por qué no van a buscarlos y se lo preguntan a ellos? –dijo Ana–. Yo no los he vuelto a ver desde que nos separamos en medio de la niebla. ¡No sé qué ha sido de ellos ni de los paquetes!

–Seguramente se habrán perdido en el páramo –dijo el hombre de cabellos grises–. ¡Con los paquetes! Mañana saldremos a buscarlos y los encontraremos. No les permitiremos que se vayan a casa con... su equipaje. Mañana los tendremos aquí.

–No vendrán –dijo Jorge–. Cuando los vean, echarán a correr y no podrán alcanzarlos. Ya estarán en casa en cuanto se disipe la niebla.

–Llevaos a estas chicas –dijo el viejo, como si ya estuviera harto de escucharlas–. Atadlas y dejadlas en la cueva de la colina.

–¿Dónde está mi perro? –preguntó Jorge, de pronto–. ¡Quiero que me traigan a mi perro!

–No habéis querido ayudarnos –dijo el hombre de cabello gris–. Mañana os volveremos a interrogar. Y si vuestras respuestas son más satisfactorias, os devolveremos el perro.

Dos hombres se llevaron a las niñas lejos del fuego

hacia la colina. Ahí había la entrada a una gran cueva. Uno de los hombres iba delante con una linterna. Ana y Jorge lo seguían, y el otro iba detrás. Una especie de corredor conducía al interior de la colina. El suelo estaba cubierto. Ana pensó que las paredes también parecían de arena.

La colina estaba surcada en todas direcciones por pasadizos que se entrecruzaban y ramificaban como las madrigueras de los conejos.

Ana se preguntaba cómo era posible que los dos hombres no se perdieran en aquel laberinto.

Al fin llegaron a una especie de cámara que debía de hallarse en el corazón de la colina. En el centro, profundamente clavado en el suelo cubierto de arena, había un poste, del que colgaban unas cuerdas. Las niñas las miraron atemorizadas. Ojalá no las ataran como prisioneras.

¡Pero lo hicieron! Les rodearon fuertemente con las cuerdas la cintura y luego las ataron al poste con fuertes nudos. Las niñas habrían tardado horas en deshacerlos si hubieran podido alcanzar los nudos con las manos.

–Aquí os quedáis –dijo uno de los hombres mirando con sorna a las indignadas niñas–. Tal vez mañana recordéis dónde están escondidos los paquetes.

–¡Tráiganme mi perro! –digo Jorge con voz firme. Pero se echaron a reír ruidosamente y salieron de la cámara subterránea.

El calor allí era sofocante. Jorge estaba muy preocupada pensando en *Tim*. Ana, en cambio, estaba demasiado cansada para pensar en nada, y pronto se durmió, a pesar de la posición incómoda en que estaba sentada y de que las cuerdas le apretaban la cintura y los nudos se le clavaban en la espalda.

Jorge se quedó despierta, pensando en *Tim*, y preguntándose si estaría gravemente herido. Se sentía demasiado desgraciada para poder dormir. Probó a deshacer los nudos que sentía en la espalda, pero ni siquiera pudo alcanzarlos.

De repente creyó oír un ruido. ¿Habría alguien arrastrándose por los pasillos? Jorge sintió miedo. ¡Si al menos *Tim* estuviera con ellas!

Pero entonces oyó alguien sorbiendo aire por la nariz. «¡Debe de ser Husmeador!», pensó Jorge sintiendo un profundo afecto por el pequeño.

–¡Husmeador! –le llamó a media voz, mientras encendía su linterna.

Apareció la cabeza del pequeño y luego su cuerpo. Deslizándose furtivamente, a gatas, Husmeador llegó a la cueva y miró asombrado a Jorge y Ana, que seguía durmiendo.

—A mí también me han atado aquí más de una vez —dijo.

—Oye, Husmeador, ¿cómo está *Tim*? —preguntó ansiosamente Jorge—. ¡Dime! ¿Cómo está?

—Bien —dijo Husmeador—. Solo tenía un corte en la cabeza y se lo he lavado. Está atado también y esto lo tiene loco.

—Husmeador, escúchame —dijo Jorge balbuceando de emoción—. Ve a buscar a *Tim* y tráemelo. Tráeme también un cuchillo para cortar estas cuerdas. ¿Podrás hacerlo?

—¡Oh, no! ¡De ningún modo! —dijo el chiquillo, atemorizado—. Mi padre me mataría de una paliza.

—Husmeador: ¿hay algo que desees, algo que siempre hayas deseado? —preguntó Jorge—. Pues yo te lo daré si tú haces esto por mí. ¡Palabra!

—Quiero una bicicleta —dijo Husmeador—, quiero vivir en una casa y montar mi bicicleta para ir al colegio.

—Voy a intentar cumplir todo eso —dijo vivamente Jorge—. Pero, por favor, tráeme a *Tim* y un cuchillo. Sal de aquí sin que te vean y estoy segura de que podrás volver sin que te pase nada con *Tim*. ¡Piensa en la bicicleta!

Husmeador pensó en la bicicleta, asintió con un movimiento de cabeza y se marchó tan silenciosamente como había llegado.

Jorge quedó pensativa, esperando... ¿Conseguiría traerle a su querido *Tim* o lo descubrirían al intentar hacerlo?

CAPÍTULO 18

El ardid de Jorge

Jorge permaneció despierta en la oscuridad, oyendo la pausada respiración de Ana y esperando que Husmeador volviera con *Tim*. Ansiaba verlo y se preguntaba, inquieta, si la herida de la cabeza sería muy profunda.

De pronto, se le ocurrió una idea. ¡Enviaría a *Tim* a los establos con una nota! Era muy listo y sabía perfectamente lo que tenía que hacer si le ataban un papel en el collar. La ayuda llegaría enseguida. Tim encontraría fácilmente el camino de la colina, ya que ya había estado en ella.

Ya volvía Husmeador. ¿Llegaría *Tim* con él? La niña oía el inconfundible ruido que hacía Husmeador, pero no al perro.

Husmeador apareció sigilosamente en la cueva.

–No me he atrevido a traer a *Tim* –dijo–. Mi padre lo

tiene atado tan cerca de él, que he temido despertarlo. Pero traigo el cuchillo.

—Gracias, Husmeador —dijo Jorge, tomando el cuchillo y guardándoselo—. Escucha: voy a hacer una cosa muy importante, y tú me tienes que ayudar.

—Tengo miedo —dijo el muchacho—; tengo mucho miedo.

—Piensa en la bicicleta —le recordó Jorge—, una bicicleta roja y de manillar plateado.

Husmeador pensó en la bicicleta y exclamó:

—Muy bien. ¿Qué he de hacer?

—Voy a escribir una nota —dijo Jorge, sacando del bolsillo un pequeño cuaderno y un lápiz—. Tú se la atarás a *Tim* en el collar y lo soltarás. Entonces *Tim* saldrá como un rayo hacia los establos, y allí leerán la nota y vendrán a buscarnos enseguida... Y tú tendrás la bicicleta más bonita del mundo.

—Y una casa —dijo inmediatamente Husmeador—. Así podré ir en bicicleta al colegio.

—Bien —aprobó Jorge, esperando que de un modo u otro podría proporcionarle la casa también—. Espera un momento.

Empezó a escribir la nota, pero enseguida se detuvo, al oír que alguien tosía en el corredor.

–Es mi padre –dijo Husmeador, asustado–. Escucha, si te cortas las cuerdas, ¿podrás encontrar el camino para salir de aquí? Es difícil. Hay muchas vueltas y cruces de caminos.

–No sé... Me parece que no –dijo Jorge, asustada.

–Dejaré patrins –prometió Husmeador–. Búscalos. Ahora me esconderé en la cueva de al lado y esperaré hasta que no oiga hablar a mi padre. Entonces volveré con *Tim*.

Salió de la cueva y un segundo después la luz de una linterna se proyectó sobre Jorge, que vio ante ella al padre de Husmeador.

–¿Has visto a Husmeador? –preguntó–. Me he despertado y enseguida he visto que no estaba. Si lo encuentro aquí le daré una buena lección.

–¿Husmeador? Aquí no está –dijo Jorge–. Mírelo usted mismo, y verá como no está.

El hombre vio entonces el cuaderno de notas y el lápiz que tenía Jorge en la mano.

–¿Qué estás escribiendo? –exclamó, quitándole el cuaderno de las manos–. Conque pidiendo auxilio, ¿eh? Me vas a decir cómo pensabas mandar esta carta. ¿Acaso tenía que llevarla Husmeador?

–No –respondió sinceramente Jorge.

El hombre frunció el entrecejo y volvió a leer la nota que tenía en la mano.

–Mira. Lo que vas a hacer es escribir otra nota, una nota a esos chicos. Te diré lo que tienes que poner.

–No lo haré –dijo Jorge.

–Lo harás –dijo el hombre–. No pienso hacerles ningún daño; lo único que quiero de ellos es que me digan dónde han escondido los paquetes. Supongo que desearás volver a ver a tu perro, ¿no?

–Sí –dijo Jorge con voz entrecortada.

–Pues te aseguro que si no me obedeces, no lo verás nunca más. Anda, coge el lápiz y escribe lo que te voy a dictar.

La niña preparó el lápiz.

–Eso es lo que tienes que escribir... –dijo el hombre frunciendo las cejas y pensando.

–Espere un momento –dijo Jorge–. ¿Cómo va a enviar este papel a los chicos? No sabe dónde están, y no podrá encontrarlos hasta que se aclare la niebla.

El hombre se rascó la cabeza, pensativo.

–El único modo de enviarlo –dijo Jorge– es atarlo al collar de mi perro y luego ordenar a este que los busque. Si me lo trae entenderá todo lo que le diga. Siempre me hace caso.

–¿Estás segura de que llevará el papel a donde tú le ordenes? –le preguntó el hombre con la mirada brillante de satisfacción–. Bueno, te voy a dictar. Escribe esto: «Estamos prisioneras. Seguid a *Tim*. Os traerá hasta donde estamos y nos podréis salvar». Luego firma con tu nombre.

–Jorgina, me llamo Jorgina –dijo la niña con firmeza–. Vaya por mi perro mientras escribo la nota.

El hombre dio media vuelta y se marchó. Jorge lo vio alejarse con los ojos brillantes. Aquel hombre pensaba que estaba preparando una encerrona a Julián y Dick. Su plan era capturarlos y sacarles con amenazas dónde estaban los paquetes.

«Pero seré yo quien le haré una jugarreta a él –se dijo Jorge–. Diré a *Tim* que lleve la nota a Enrique. Ella sospechará algo, se lo dirá al capitán Johnson, el capitán seguirá a *Tim* hasta aquí y les dará un gran susto a los trotamundos. Además, supongo que al capitán se le ocurrirá avisar a la policía. ¡En un plan perfecto!

El padre de Husmeador volvió al cabo de diez minutos con *Tim*, un *Tim* abatido y con un corte en la cabeza que necesitaba atentos cuidados. Puso sus patas sobre Jorge, y ella lo abrazó derramando lágrimas sobre su tupido pelo.

–¿Te duele mucho? –le preguntó–. Apenas volvamos a casa, te llevaré al veterinario.

–Podrás volver tan pronto como encontremos a esos dos chicos y nos digan dónde han escondido los paquetes –dijo el hombre.

Tim lamía a Jorge sin descanso mientras agitaba la cola. No comprendía nada de lo que estaba sucediendo. ¿Qué hacía Jorge allí? Pero esto no importaba: el caso es que estaba de nuevo con ella. Se echó en el suelo y le puso la cabeza sobre las rodillas.

–Escribe la nota –dijo el hombre–, y átale el papel al collar de modo que pueda leerse fácilmente después de desatarlo.

–Ya la he escrito –dijo Jorge.

El hombre alargó su sucia mano y se apoderó del papel para leerlo.

Estamos prisioneras. Seguid a *Tim*. Os traerá hasta donde estamos y nos podréis salvar.

JORGINA.

–¿De veras te llamas Jorgina? –preguntó el hombre.

Jorge asintió. Era una de las pocas veces que firmaba con su nombre completo.

Ató firmemente el papel al collar de *Tim*, en la parte superior del cuello, para que se viera bien; luego lo acarició y le dijo con vehemencia:

–¡Busca a Enrique, *Tim*! ¡A Enrique! ¿Entiendes, querido *Tim*? ¡Lleva este papel a Enrique!

El perro la escuchaba. Jorge dio unos golpecitos en el papel que *Tim* llevaba en el collar, y luego un empujoncito.

–Vete. No te entretengas. ¡Ve en busca de Enrique!

–¿No sería conveniente que le dijeras también el nombre del otro chico? –preguntó el hombre.

–¡Oh, no! ¡No quiero que *Tim* se arme un lío! –dijo precipitadamente la niña–. ¡Enrique, Enrique, ENRIQUE!

–¡Guau! –contestó *Tim*.

Y entonces Jorge supo que la había comprendido.

–¡Vete! –insistió, dándole un ligero empujón–. ¡Corre!

Tim le dirigió una mirada de reproche, como diciéndole: «¡Qué poco tiempo me has dejado estar contigo!». Y se alejó por el corredor, con el papel bien visible sobre el collar.

–Traeré aquí a los chicos apenas vuelvan con el perro –dijo el hombre, dando media vuelta y saliendo de la cámara subterránea.

Jorge se preguntó si Husmeador estaría escondido aún cerca de allí, y lo llamó. Pero no obtuvo respuesta. Sin duda, se había deslizado furtivamente por los pasadizos para regresar a su caravana.

Ana se despertó, preguntándose dónde estaba. Jorge encendió de nuevo su linterna y le explicó lo sucedido.

–Me tendrías que haber despertado –exclamó Ana–. ¡Uf, qué molestas son estas cuerdas!

–Tengo un cuchillo –le reveló Jorge–. Me lo ha traído Husmeador. ¿Quieres que corte las cuerdas?

–¡Por favor! –dijo Ana encantada–. Pero no intentemos escaparnos ahora. Aún es de noche, y si todavía hay niebla, nos perderíamos. Si viene alguien, le haremos creer que seguimos atadas.

Jorge cortó sus ligaduras y luego las de Ana con el desgastado cuchillo de Husmeador. Las dos niñas sintieron un gran alivio al poder echarse después de haber estado tanto rato sentadas con los nudos clavándose en su espalda.

–Tenemos que acordarnos de atarnos si oímos que se acerca alguien –dijo Jorge–. Estaremos aquí hasta que se haga de día. Entonces veremos si se ha disipado ya la niebla, y si es así nos iremos.

Se quedaron dormidas sobre la arena, contentas de

poder estar estiradas. Nadie fue a molestarlas, y las dos agotadas niñas gozaron de un largo sueño.

¿Dónde estaban los chicos? Aún estaban debajo de los arbustos, durmiéndose y despertando a cada momento a causa de la incomodidad y el frío. Tenían la esperanza de que las niñas hubieran podido regresar sanas y salvas a casa.

«Seguramente, han regresado a los establos guiándose por los raíles –pensaba Julián, cada vez que se despertaba–. Ahora estarán ya fuera de peligro. Y *Tim* también. Afortunadamente, *Tim* estaba con ellas».

Pero *Tim*, como ya sabemos, no estaba con ellas, sino caminando solo a través del páramo cubierto de niebla. Le dolía la herida de la cabeza y se preguntaba por qué Jorge le habría enviado a Enrique. Al perro no le gustaba mucho esa niña, y creía que a Jorge tampoco. Sin embargo, Jorge le había ordenado claramente que fuera en su busca. Era todo muy extraño. Pero Jorge le había dado una orden, y él la cumpliría por encima de todo, pues adoraba a Jorge.

Tim corría entre los brezos y toda clase de hierbas, sin preocuparse por seguir las vías. Ni siquiera había pensado en ello, pues sabía perfectamente por dónde tenía que ir.

Era todavía de noche. No tardaría en clarear, pero la niebla era tan densa, que el sol no podría atravesarla: permanecería oculto tras las espesas cortinas.

Tim llegó a los establos y se detuvo para recordar dónde estaba el dormitorio de Enrique. ¡Ah, sí; en el primer piso, junto al de Ana y Jorge!

Tim entró en la cocina, saltando por una ventana que dejaban abierta para el gato, y se dirigió al dormitorio de Enrique. Dio un empujón a la puerta y esta se abrió.

Tim entró en la habitación y, colocando las patas delanteras sobre la cama de Enrique, le ladró al oído.

–¡Guau! ¡Guau!... ¡Guau! ¡Guau!

CAPÍTULO 19

¡Qué listo eres, *Tim*!

Enrique roncaba, profundamente dormida, y se despertó sobresaltada cuando notó la pata de *Tim* sobre su brazo y oyó sus agudos ladridos.

–¿Qué pasa? –exclamó, sentándose de un salto en la cama y buscando, presa del pánico, su linterna. La encendió con dedos temblorosos y entonces vio a *Tim*, que le miraba, suplicante, con sus grandes ojos castaños.

–¡*Tim*! –dijo, sorprendida–. ¡*Tim*! ¿Qué haces aquí? ¿Han vuelto los cuatro? No, no deben de haber vuelto. Es de noche. ¿Por qué has venido tú, *Tim*?

–¡Guau! –respondió *Tim*, intentando hacerle comprender que le traía un mensaje.

Enrique alargó la mano para acariciarlo y entonces tocó el papel que llevaba atado en el collar.

–¿Qué es esto, *Tim*? ¡Ah, un papel! Y está atado. Debe de ser un mensaje.

Desató el papel, lo desplegó y leyó:

«Estamos prisioneras. Seguid a *Tim*. Os traerá hasta donde estamos y nos podréis salvar. Jorgina».

Enrique se quedó atónita. Miró a *Tim* y él le devolvió la mirada, moviendo la cola. Luego, impaciente, le puso la pata sobre el brazo.

Enrique volvió a leer la nota y se pellizcó para cerciorarse de que no estaba soñando.

–¡Ay! –gritó–. Sí, estoy bien despierta. *Tim*, ¿es verdad? ¿Están prisioneras? ¿Y los chicos? ¿Están también prisioneros? Oh, *Tim*, como me gustaría que pudieses hablar.

El pobre *Tim* deseaba lo mismo. Golpeó a Enrique enérgicamente con la pata.

La niña se dio cuenta de pronto de que el perro tenía una herida en la cabeza y se horrorizó.

–¡Estás herido, *Tim*! ¡Pobrecito! ¿Quién te ha hecho este corte? ¡Hay que curarte!

Ciertamente, a *Tim* le dolía mucho la herida de la cabeza, pero no podía entretenerse en pensar en ello. Lanzando un breve gemido, corrió hacia la puerta y luego volvió al lado de la niña.

—Sí, ya sé que quieres que te siga pero tengo que pensar —dijo Enrique—. Si el capitán Johnson estuviera aquí, iría a buscarlo, pero esta noche no está. Y si voy a despertar a la señora Johnson, recibiría el mayor susto de su vida. No sé qué hacer.

—¡Guau! —ladró *Tim* en tono de reproche.

—Es muy fácil ladrar desdeñosamente —le dijo Enrique—, pero yo no soy tan valiente como tú. Aparento serlo, *Tim*, pero no lo soy. No me atrevo a seguirte. Me da miedo ir en busca de nuestros amigos, por si me apresan a mí también. Además, *Tim*, ya sabes que hay una niebla espantosa.

Enrique saltó de la cama y *Tim* la miró esperanzado. ¿Había decidido aquella chiquilla estúpida lo qué iban a hacer?

—*Tim* —dijo Enrique—, esta noche solo hay una persona mayor en la casa: la señora Johnson, y no puedo despertarla. Ha tenido un día de trabajo agotador. Me vestiré e iré a buscar a William. Ya sé que solo tiene once años, pero es muy sensato y sabrá qué hacer.

Se vistió rápidamente, poniéndose el traje de montar, y fue a la habitación de William. Este dormía solo, en un aposento del otro lado del rellano de la escalera. Enrique entró en la habitación y encendió su linterna.

William se despertó de inmediato.

–¿Quién es? –preguntó, incorporándose de golpe–. ¿Qué quieres?

–Soy yo, Enrique –dijo la niña–. Ha pasado algo extraordinario, William. *Tim* ha entrado en mi habitación con esta nota atada en el collar. Toma; léela.

William tomó el papel y lo leyó, quedando tan pasmado como antes había quedado Enriqueta.

–¡Mira! –exclamó–. Jorge ha firmado con su verdadero nombre: Jorgina. Esto demuestra que se trata de algo muy urgente. Ya sabes que no quiere que la llamen Jorgina. Debemos salir con *Tim*, y cuanto antes.

–Pero... yo no puedo andar kilómetros y kilómetros por el páramo bajo la niebla –dijo Enrique, muerta de miedo.

–No iremos a pie. Ensillaremos los caballos y cabalgaremos –dijo William, empezando a vestirse resueltamente–. *Tim* nos conducirá. Ve a buscar los caballos. Vamos, tienes que ser valiente, Enrique. Puede que estén en peligro.

Enrique salió rápidamente de la habitación y bajó al patio. ¡Lástima que precisamente aquella noche no estuviera en casa el capitán Johnson. Enseguida habría decidido lo que se debía hacer.

Al ir a buscar los caballos, Enrique se animó. Los animales parecieron sorprendidos pero se mostraron dispuestos a salir de noche y a pesar de la niebla. William llegó un momento después, seguido de cerca por *Tim*. El perro estaba encantado de ir con William. Le era simpático, no como Enrique.

Tim salió corriendo delante de los caballos, y estos le siguieron. Tanto William como Enrique llevaban potentes linternas, y dirigían la luz hacia abajo para no perder de vista a *Tim*. Este desapareció un par de veces, pero apenas oía que los caballos se paraban, volvía junto a ellos.

Cabalgaban por el páramo, sin seguir los raíles. *Tim* no los necesitaba para nada, naturalmente. Conocía perfectamente el camino.

Una vez se detuvo, olfateando el aire. ¿Qué olor habría percibido? Enrique y William no tenían ni idea, pero *Tim* estaba desconcertado por un olor que había percibido en la densa niebla.

¿Sería el olor de Julián y Dick? El aire se lo había traído fugazmente, y *Tim* sintió el deseo de ir a comprobar si se equivocaba o no. Pero se acordó de Jorge y Ana. Siguó dirigiéndose, bajo la envolvente niebla, hacia donde se hallaban las niñas.

En efecto, los chicos no estaban muy lejos cuando *Tim* percibió su olor. Aún dormían al abrigo del follaje que los protegía del frío. ¡Si hubieran sabido que *Tim* estaba tan cerca con William y Enrique!... Pero no se enteraron.

Tim abría el camino sin titubear, y pronto llegaron a la cantera. Pero no la vieron, debido a la niebla. La sortearon dando un rodeo, conducidos por *Tim*, y se dirigieron al campamento de los trotamundos. *Tim* empezó a avanzar más despacio, y se pusieron en guardia.

–Estará cerca del sitio al que quiere llevarnos –murmuró William–. ¿No te parece que sería mejor que siguiéramos a pie? Podríamos atar aquí los caballos. El ruido de los cascos nos puede delatar.

–Sí, perfecto, William –dijo Enrique, mientras se decía que William era muy inteligente.

Bajaron de los caballos y los ataron a un árbol. Estaban ya muy cerca de la colina a cuyo pie habían acampado los trotamundos. La niebla no era allí tan densa. Los dos niños distinguieron de pronto una oscura caravana junto a una hoguera todavía encendida.

–Ahora no podemos hacer nada de ruido –murmuró William–. *Tim* nos ha traído al campamento de los trotamundos. Te aseguro que me lo imaginaba. Nuestros amigos deben de estar prisioneros cerca de aquí. ¡Mucho silencio!

Cuando los niños desmontaron, *Tim* los observó jadeando y con la cola hacia abajo. La herida de la cabeza le dolía mucho y se sentía raro y mareado. ¡Pero tenía que llegar junto a Jorge! ¡Por encima de todo!

Siguió su camino y entró en la cueva que se abría en la colina. William y Enrique lo siguieron a través de aquel laberinto de pasadizos, preguntándose cómo sabía el camino con tanta seguridad. *Tim* no se desorientaba nunca. Le bastaba ir una vez a un sitio para no olvidar el camino jamás.

Andaba muy despacio y las patas le temblaban. Habría dado cualquier cosa por poder echarse y dejar caer su dolorida cabeza entre las patas. Pero no podía: tenía que llegar hasta Jorge. Tenía que encontrarla.

Jorge y Ana seguían durmiendo en la pequeña cueva. No estaban muy cómodas. Además, el calor era allí sofocante. Así que su sueño era intranquilo y se despertaban cada cinco minutos. Pero las dos estaban dormidas cuando *Tim* se acercó lentamente y se dejó caer a los pies de Jorge.

Jorge se despertó cuando oyó los pasos de William y Enrique.

Creyendo que sería el padre de Husmeador, se apresuró a rodearse la cintura con las cuerdas para parecer que seguía atada. Luego oyó jadear a *Tim* y encendió su linterna.

Entonces vio a *Tim*, a Enrique y a William. Enrique se asustó al ver a las dos niñas con las cuerdas alrededor de la cintura y se quedó mirándolas boquiabierta.

–¡Ah, *Tim*! ¡Has ido a buscar ayuda! –exclamó Jorge, abrazándolo–. ¡Cuánto me alegro de que hayáis venido, Enrique! –añadió dirigiéndose a los niños–. Pero ¿por qué no habéis traído al capitán Johnson?

–No estaba en los establos –dijo Enrique–. Pero he podido traer a William. Hemos venido a caballo, guiados por *Tim*. ¿Qué ha pasado, Jorge?

Ana despertó en este momento y se quedó atónita al ver a los visitantes. Todos empezaron a hablar precipitadamente, pero callaron cuando William tomó la palabra enérgicamente.

–Si queréis huir, debéis hacerlo ahora que todo el mundo duerme. *Tim* nos guiará por esta especie de madriguera de conejos. Nosotros solos no encontraríamos nunca el camino de la salida.

–¡Vamos, *Tim*! –dijo Jorge, sacudiéndolo cariñosamente.

Pero el pobre *Tim* no se sentía bien. No veía con claridad, y la voz de Jorge era para él solo un confuso ruido. La cabeza le pesaba como si fuera de plomo y sus patas no podían sostenerle. Ahora empezaba a notar los efectos del golpe en la cabeza y el precipitado viaje de ida y vuelta a través del páramo lo había empeorado.

–¡Está enfermo! –exclamó Jorge, alarmada–. Ni siquiera puede levantarse. ¿Qué te pasa, *Tim*?

–Está así por ese corte en la cabeza –dijo William–. Es muy hondo. Además, está agotado por los dos viajes que ha hecho a través del páramo. No nos podrá guiar, Jorge. Tendremos que hacerlos nosotros solos.

–¡Pobre *Tim*! –exclamó Ana al ver al perro echado en el suelo y sin fuerzas para moverse–. ¿Podrás llevarlo, Jorge?

–Creo que sí –dijo Jorge, levantándolo y llevándolo en brazos–. Pesa mucho, pero creo que podré. Tal vez se reanime cuando salgamos al aire fresco.

–Pero Jorge, no sabemos el camino –dijo Ana, atemorizada–. Si *Tim* no puede guiamos, estamos perdidos. Por muchas vueltas que demos por el interior de esta colina, nunca podremos salir.

–Tenemos que intentarlo –dijo William–. Vamos. Yo iré delante. ¡Tenemos que irnos YA!

Salió de la cámara al corredor, y sus compañeros le siguieron. Jorge llevaba en brazos al perro. Pero pronto se detuvo al ver que el corredor se dividía en dos.

—¿Derecha o izquierda? —preguntó.

Nadie lo sabía. Jorge enfocó su linterna en todas direcciones, mientras trataba de recordar. La luz le permitió ver algo que había ante ella, en el suelo.

¡Eran dos palos, uno largo y otro corto, en forma de cruz!

Jorge lanzó una exclamación.

—¡Mirad!... ¡Un patrin! Lo ha dejado Husmeador para indicarnos el camino de la salida. Espero que los haya dejado en todas las bifurcaciones.

Tomaron el corredor de la derecha con sus linternas encendidas. En todos los puntos dudosos veían un patrin que les señalaba el buen camino.

—¡Otra cruz! ¡Vayamos por aquí! —decía Ana.

—¡Otro mensaje! ¡Sigamos este corredor! —exclamaba Jorge.

Y, siguiendo estas señales, llegaron sanos y salvos a la boca de la cueva. Al ver la niebla incluso se alegraron. Al menos significaba que estaban al aire libre.

—Vamos por los caballos —dijo William—. Ahora cada animal tendrá que llevar dos personas.

Y justo cuando estaban yendo a donde habían dejado los caballos, los perros del campamento empezaron a ladrar.

—¡Nos han descubierto! —exclamó William, desesperado—. ¡Corred! Si no nos marchamos enseguida, nos alcanzarán.

Luego oyeron una voz que les gritaba:

—¡Alto! ¡Os estoy viendo! ¡He dicho que alto!

CAPÍTULO 20

Una mañana de emociones

Amanecía. La niebla no era ya oscura, sino blanca, y se aclaraba por momentos.

Los cuatro niños corrían hacia los caballos, que piafaban con impaciencia al pie del árbol donde estaban atados. Jorge no podía correr mucho, ya que cargaba con *Tim*, que realmente pesaba mucho.

De pronto, el perro empezó a moverse. El aire fresco lo había reanimado. *Tim* quería andar con sus propias patas.

Jorge lo dejó cuidadosamente en el suelo, aliviada de verse libre de su peso, y *Tim* empezó a ladrar desafiante a los trotamundos que salían de sus caravanas con sus perros.

Los cuatro niños montaron apresuradamente en los dos caballos, que se sorprendieron al sentir en sus lomos una carga doble. William hizo dar media vuelta a su caballo y se puso en camino, llevando a sus espaldas a Jorge. Ana iba montada detrás de Enrique. *Tim*, al parecer mucho mejor, corría tras ellos. Las patas ya no le flaqueaban.

Los trotamundos corrían también, gritando y amenazándoles con los puños. El padre de Husmeador no podía creer lo que veía. Las dos niñas que había dejado atadas estaban ahora libres y acompañadas por el perro que había enviado a través del páramo para tender una trampa a los dos chicos.

El hombre se preguntaba quiénes serían aquellos que habían llegado a caballo y cómo habrían podido encontrar el camino de la colina. No podía entender cómo era posible que las prisioneras hubieran encontrado el camino que conducía a la salida de la cueva.

Los trotamundos corrían tras los caballos, pero sus perros se limitaban a ladrar frenéticamente. Temían a *Tim*, y no se atrevían a perseguirlo.

Los caballos iban tan deprisa como les permitía la niebla, y siguiendo a *Tim*. Parecía estar mucho mejor, aunque Jorge temía que fuera solo la excitación lo que le impulsaba. Volvió la cabeza. ¡Los trotamundos ya no podrían alcanzarlos!

El sol brillaba entre la niebla, una extraña niebla que procedía del mar y que pronto se disiparía del todo. Jorge consultó su reloj. Le parecía mentira que fuesen casi las seis de la mañana. ¡Ya era un nuevo día!

Se preguntaba qué les habría sucedido a Dick y a Julián, y pensaba, agradecida, en Husmeador, ya que sin los mensajes que les había dejado en el interior de la colina, nunca habrían logrado salir de aquella cárcel subterránea. También estaba agradecida a Enrique y a William, a quien dio un repentino abrazo por haber ido a salvarlas en plena noche.

–¿Dónde crees que estarán Julián y Dick? –preguntó Jorge a William–. ¿Crees que seguirán perdidos en el páramo? Deberíamos gritar y buscarlos. ¿No te parece?

–No –respondió William, gritando por encima de su hombro–. Regresaremos directamente a los establos. ¡Ellos saben arreglárselas solos!

Julián y Dick ya habían intentado arreglárselas solos aquella noche fría y brumosa; pero no habían tenido mucho éxito. Consultaron sus relojes a la luz de la linterna y vieron que eran las cuatro y cuarto. Estaban hartos ya de aquellos arbustos donde se habían refugiado. ¡Si hubieran sabido que en aquellos momentos

Enrique y William cabalgaban por el páramo, guiados por *Tim*, no muy lejos donde ellos estaban!

Salieron de debajo del matorral mojados y entumecidos y miraron a su alrededor en la noche oscura, aún invadida por la niebla.

—Vamos a caminar —dijo Julián—. Estoy harto de permanecer aquí encogido, en medio de la niebla. He traído mi brújula. Si nos dirigimos hacia el oeste, seguro que llegaremos al límite del páramo en un punto próximo a Milling Green.

Los dos muchachos emprendieron la marcha, tropezando aquí y allá, pues la linterna tenía las pilas casi agotadas, y la luz era muy débil.

—Pronto se apagará —gruñó Dick, sacudiéndola—. ¡Qué mala pata! Apenas da luz y tenemos que consultar continuamente la brújula.

Julián tropezó con algo duro y estuvo a punto de caer.

—¡Dame eso, rápido! —exclamó, arrebatando la linterna a Dick.

Dirigió su luz al suelo para ver con qué había tropezado, y lanzó una exclamación de alegría.

—¡Mira, es una vía! Hemos encontrado las vías! ¡Vaya suerte!

—¡Desde luego! —dijo Dick, y lanzó un suspiro de alivio–. La pila ya se está casi acabando. Ahora, por lo que más quieras, no te apartes de los raíles. Párate enseguida si dejas de sentirlos bajo tus pies.

–¡Y pensar que estábamos tan cerca de estas vías y no lo sabíamos! –gruñó Julián–. Hace horas que podríamos estar ya en los establos. Espero que las chicas hayan regresado sin problemas y no hayan dado la voz de alarma por nuestra ausencia. Habrán supuesto que volveríamos al amanecer, cuando pudiéramos encontrar las vías.

Eran las seis cuando llegaron, a trompicones y extenuados, al establo. Parecía que nadie se había levantado aún. Encontraron la puerta del jardín abierta, tal como la habían dejado William y Enrique. Inmediatamente se dirigieron al dormitorio de las chicas, creyendo que estarían acostadas.

Pero hallaron las camas vacías. Fueron entonces al cuarto de Enrique, para preguntarle si sabía algo de Ana y Jorge, y vieron que la cama estaba vacía también, aunque parecía que alguien había dormido en ella.

Cruzaron el rellano y entraron en la habitación de William.

–¡También se ha ido! –exclamó Dick, sorprendido–. ¿Dónde estarán?

–Despertemos al capitán Johnson –dijo Julián, ignorando que estaba ausente aquella noche.

Así que despertaron a la pobre señora Johnson, que se sobresaltó muchísimo al verlos, pues creía que estaban muy lejos, acampando en el páramo. Y todavía se asustó más cuando oyó las explicaciones de los chicos y supo que Jorge y Ana no habían vuelto aún.

–¿Dónde estarán? –exclamó, poniéndose precipitadamente una bata–. Esto es serio, Julián. Pueden haberse perdido en el páramo, o haber caído en poder de los trotamundos. Voy a telefonear a mi marido, y también a la policía. ¡Nunca debí permitir que fuerais al páramo!

Estaba ya con el teléfono en las manos, con una expresión de máxima preocupación y teniendo los dos chicos al lado, cuando oyeron en el patio el ruido de los cascos de los caballos.

–¿Quién será? –exclamó la señora Johnson–. ¡Caballos! ¿Quién sale a caballo a estas horas?

Todos corrieron a la ventana para ver quién había en el patio. Dick empezó a gritar de tal modo, que hizo dar un tremendo salto a la señora Johnson.

–¡Ana! ¡Jorge! ¡Son ellos! Y *Tim*... ¡Y Enrique! ¡Y William! ¿Qué habrá pasado?

Ana oyó los gritos y miró hacia arriba. Aunque estaba rendida, saludó alegremente con la mano. Jorge empezó a dar voces.

–¡Julián! ¡Dick! ¡Esperábamos que estuviérais aquí! Cuando nos dejasteis, seguimos las vías en dirección contraria y llegamos de nuevo a la cantera.

–¡Y los trotamundos nos capturaron! –gritó Ana.

–Pero... ¿qué tienen que ver Enrique y William con todo esto? –preguntó la señora Johnson, pensando que todavía estaba dormida–. Y ¿qué le pasa a *Tim*?

El perro se había dejado caer de pronto en el suelo. Todo había pasado; ya estaban en casa. Al fin podía colocar su dolorida cabeza entre las patas y tratar de dormir.

Jorge saltó inmediatamente del caballo.

–¡*Tim*! ¡Mi querido *Tim*! ¡Mi valiente *Tim*! ¡Ayúdame, William! Lo llevaré a mi cuarto y le curaré esa herida.

Entre tanto, los demás niños se habían despertado y se había armado tal algarabía, que la señora Johnson no lograba que la escuchasen.

Niños con bata y sin bata habían acudido al patio, y allí gritaban y preguntaban todos a la vez. William intentaba tranquilizar a los caballos, excitados por aquel griterío. Y todos los gallos de los alrededores lanzaban sus agudos cacareos con las cabezas erguidas. ¡Qué locura!

De repente el sol brilló esplendoroso y dispersó los últimos restos de niebla.

—¡Hurra! ¡La niebla ha desaparecido! —exclamó Jorge—. ¡Y ha salido el sol! ¡Ánimo, *Tim*! ¡Ahora nos pasarán todos los males!

Tim fue medio cargado medio arrastrado por las escaleras entre William y Jorge. Esta y la señora Johnson le examinaron atentamente la herida. Luego se la limpiaron.

—Lo mejor habría sido darle unos puntos —dijo la señora Johnson—. Pero parece que ya se va curando. ¡Cómo pueden golpear a un perro de este modo!

Pronto volvió a oírse ruido de cascos en el patio. Era el capitán Johnson, que llegaba visiblemente inquieto.

Momentos después cruzaba la verja un coche de la policía, con dos agentes que venían a investigar el caso de las niñas desaparecidas. La señora Johnson se había olvidado de volver a telefonear diciendo que las niñas ya habían vuelto.

—Siento haberles molestado —dijo la señora Johnson al sargento—. Las niñas acaban de llegar. Todavía no sé lo que ha sucedido; pero como están perfectamente, no tienen por qué preocuparse.

—¡Espere! –dijo Julián, que estaba allí–. Creo que debe intervenir la policía. En el páramo ha ocurrido algo muy extraño.

—¿Ah, sí? ¿Qué ha ocurrido? –preguntó el sargento, sacando su cuaderno de notas.

—Desde nuestro campamento en el páramo –respondió Julián–, vimos una avioneta que volaba a muy poca altura, guiada por un proyector colocado por los trotamundos en un pozo de arena.

—¿Un proyector colocado por los trotamundos? –exclamó sorprendido, el sargento–. Pero ¿por qué estarían guiando esa avioneta? Supongo que aterrizó ¿no?

—No, no aterrizó –dijo Julián–. Y a la noche siguiente volvió y voló también muy bajo, describiendo círculos... Pero esta vez arrojó unos paquetes.

—¿Paquetes? –exclamó el sargento, vivamente interesado–. Seguramente iban destinados a los trotamundos...

—Sí –afirmó Julián–. Pero demostraron no tener muy buena puntería. Los paquetes cayeron a nuestro alrededor, tan cerca, que echamos a correr, temiendo que fuera algo explosivo.

—¿Cogisteis alguno de esos paquetes? –preguntó el sargento.

–Sí. Y abrí uno.

–¿Qué había dentro?

–Billetes. Dólares. En un solo paquete había varios fajos de veinte billetes de cien dólares... ¡Cayeron miles de dólares a nuestro alrededor!

El sargento miró a su compañero.

–¡Al fin se ha aclarado el enigma! Esto explica el caso que no lográbamos entender. ¿Verdad, Wilkins?

Wilkins, el agente, asintió.

–Esto lo explica todo. ¡La banda tiene la imprenta en Francia y trae aquí los billetes en avión!

–Pero ¿por qué han de arrojar los paquetes a los trotamundos? –preguntó Julián–. ¿Por qué precisamente a esa gente? ¿Por qué no los entran libremente? Todo el mundo puede entrar con dólares aquí.

–¡Pero no con dólares falsos, amiguito! –dijo el sargento–. Estoy seguro de que esos billetes son falsos. Los falsificadores tienen su cuartel general cerca de Londres, y apenas reciben los paquetes que les entregan los trotamundos, empiezan a hacerlos circular como si fueran buenos, pagando facturas de hotel y comprando toda clase de mercancías.

–¡Increíble! –exclamó Julián–. No se me había ocurrido que pudieran ser falsos.

—Hace tiempo —dijo el sargento— que estábamos enterados de la existencia de esa banda, pero todo lo que sabíamos de ella era que imprimían billetes falsos en el norte de Francia, y que otros gángsteres que residían cerca de Londres los ponían en circulación. Pero ignorábamos cómo los traían aquí y quién los llevaba a Londres.

—Y ahora ya lo sabemos todo —dijo Wilkins—. Ha sido una buena noticia, sargento. Os habéis portado muy bien, muchachos. Habéis descubierto lo que nosotros llevábamos meses tratando de descubrir.

—¿Dónde están esos paquetes? —preguntó el sargento—. ¿Los habéis escondido o los tienen los trotamundos?

—Los hemos escondido —dijo Julián—. Pero supongo que ellos los estarán buscando por todas partes. Sería mejor que fuéramos ahora mismo al páramo, sargento.

—¿Dónde los habéis escondido? —preguntó el sargento—. ¿Están en un lugar seguro?

—¡Oh, sí, muy seguro! —respondió Julián—. Voy a llamar a mi hermano, que vendrá con nosotros. ¡Oye, Dick! ¡Ven y escucha estas noticias tan interesantes!

CAPÍTULO 21

Se aclara el misterio

La señora Johnson se mostró intranquila al enterarse de que la policía se llevaba a Julián y a Dick al páramo.

–Estos chicos están derrotados. Tienen que comer algo. ¿No pueden esperarse un momento?

–No conviene –dijo el sargento–. No se preocupe, señora. Estos muchachos son fuertes.

–Bueno, no creo que los trotamundos puedan encontrar los paquetes –dijo Julián–. Así que no creo que pase nada si se esperan hasta que hayamos comido algo. Estoy hambriento.

–Bien –dijo el sargento, guardándose el cuaderno de notas–. Tomad algo, y nos vamos.

Evidentemente, cuando Jorge, Ana y Enrique se enteraron de la nueva expedición al páramo, dijeron que ellas también querían ir.

—¿Cómo? ¿Dejarnos a nosotras fuera? –exclamó Jorge, indignada–. ¡Ni pensarlo! Ana también quiere ir.

–Y Enrique también –dijo Ana, mirando a Jorge–, aunque no estaba allí y no pudo ayudarnos a buscar los paquetes que tiraba el avión.

–¡Claro que también tiene que venir Enrique! –dijo enseguida Jorge, para gran satisfacción de Enrique.

La valentía de Enrique yendo a salvarlas con William había impresionado a Jorge, y más aún cuando vio que no presumía de su hazaña. Y es que Enrique había comprendido que era William el verdadero héroe de la aventura, y –cosa inesperada– se había mostrado modesta.

Tras un buen almuerzo, se puso en camino un grupo numeroso. La señora Johnson se había apresurado a preparar buenos platos de huevos fritos con beicon. Y entre tanto iba lanzando exclamaciones al pensar en lo que había sucedido en el páramo.

–¡Esos trotamundos!... ¡Y esa avioneta en vuelo rasante arrojando dinero por todas partes!... ¡Y esas pobres niñas atadas en una cueva!... ¡En mi vida había oído nada semejante!...

El capitán Johnson también salió con la expedición. Apenas podía dar crédito al extraordinario relato de los cuatro, mejor dicho, de los cinco, incluyendo a *Tim*.

Tim llevaba un gran parche en la cabeza y se sentía muy importante. ¡Cuando lo viera *Liz*!...

Eran diez, incluyendo a *Tim*, pues al final William también se incorporó al grupo. Este había intentado averiguar dónde había escondido Julián los paquetes, pero no lo consiguió. Julián no quiso decírselo a nadie. Quería que fuese una verdadera sorpresa.

Al fin llegaron a la cantera. No se habían separado de las viejas vías en ningún momento. Julián se detuvo en el borde de la cantera y señaló el campamento de los trotamundos.

–Mirad. Se preparan para ponerse en camino. Estoy seguro de que la fuga de las niñas los tiene atemorizados. Sospechan, y con razón, que ahora se descubrirá todo.

La caravana se puso en marcha lentamente.

–Wilkins, apenas regrese ordene que se vigile a todos los trotamundos que se alejen de sus caravanas –dijo el sargento–. Seguramente, alguno de ellos se dirigirá a un lugar determinado para hacer entrega de los paquetes arrojados desde el avión. Si no perdemos de vista a las caravanas ni a los que viajan en ellos, pronto descubriremos a la banda que hace circular los billetes falsos.

—Estoy seguro de que las entregas las hace el padre de Husmeador —dijo Dick—. Por lo menos, él es el cabecilla.

Todos siguieron con la vista a la caravana que se iba alejando.

Ana se preguntaba qué le habrían hecho a Husmeador.

Y Jorge pensaba también en él. Recordaba la promesa que había hecho al muchacho a cambio de su ayuda. Le había prometido que tendría una bicicleta y una casa desde la que podría ir en la bicicleta al colegio. Tal vez no volviera a ver al pobre niño; pero si lo veía, cumpliría su palabra.

—A ver. ¿Dónde está ese misterioso escondite? —preguntó el sargento cuando Julián dejó de mirar las caravanas.

Julián había intentado distinguir a Husmeador y a *Liz*, pero no le había sido posible. La caravana estaba demasiado lejos.

—Seguidme —dijo Julián.

Y se dirigió al sitio donde estaban los raíles cortados. Allí estaba la frondosa aulaga y, casi oculta tras el arbusto, la vieja locomotora.

—¿Qué es eso? —preguntó el sargento, extrañado.

—La máquina que arrastraba los vagones cargados de

arena de la cantera –dijo Dick–. Por lo visto, hace muchos años, se enemistaron los dueños de la cantera con los trotamundos, y estos arrancaron las vías para hacer descarrilar la máquina, que debe de estar aquí desde entonces.

Julián pasó al otro lado de la aulaga, se acercó a la chimenea y apartó la rama que la cubría. El sargento lo observaba con interés. Dick apartó la arena de la chimenea y sacó un paquete. Había estado temiendo que ya no estuvieran allí.

–¡Aquí tiene uno! –exclamó, entregando el paquete al sargento–. Hay muchos más. Ahora buscaré el que abrí. ¡Mire, aquí está!

El sargento y Wilkins miraban atónitos cómo sacaba Julián los paquetes de aquel extraño escondite. ¡Claro que los trotamundos no lo habían encontrado! A nadie se le hubiera ocurrido mirar en el interior de la chimenea de la vieja locomotora, aunque hubieran dado con ella a pesar de lo escondida que estaba.

El sargento echó una mirada a los billetes de cien dólares del paquete abierto, y lanzó un silbido.

–¡Estos son! Ya habíamos visto algunos de estos billetes. Son falsificaciones perfectas. Si la banda hubiera recibido estos paquetes, muchas personas habrían sufrido las consecuencias. Este dinero no vale nada. ¿Cuántos paquetes dijiste que había?

–Varias docenas –dijo Dick, y sacó algunos paquetes más de la chimenea–. ¡Vaya! No llego a los del fondo.

–No te preocupes –dijo el sargento–. Cúbrelos con arena y mandaré a un hombre para que los saque con un palo. Los trotamundos son los únicos que podrían buscarlos, y se han ido. ¡Esto es fantásico! Gracias, muchachos, habéis hecho un magnífico trabajo.

–Me alegro –dijo Julián–. Chicos –añadió–, tendríamos que recoger lo que nos dejamos ayer aquí. Nos tuvimos que ir precipitadamente, sargento, y nuestro equipaje se quedó en la cantera.

Jorge y Julián se dirigieron a la cantera, y *Tim* los siguió.

De pronto, el perro lanzó un gruñido y Jorge se detuvo, con la mano en el collar de *Tim*.

–¿Qué pasa, *Tim*? Hay alguien por aquí, Julián. Debe de ser algún trotamundos.

Pero *Tim* dejó de gruñir y empezó a mover la cola. De pronto, se liberó de la mano de Jorge y echó a correr hacia una de las cuevas que se abrían en los costados arenosos de la cantera. Tenía una pinta muy graciosa con su parche en la cabeza.

Entonces salió *Liz* de la cueva y, apenas vio a *Tim*, empezó a dar volteretas muy rápidas. *Tim* la miraba atónito. ¡Qué perro! ¿Cómo podía girar de aquella manera?

–¡Husmeador! –gritó Jorge–. ¡Sal! Sé que estás ahí dentro.

En la boca de la cueva apareció un rostro pálido y preocupado y luego el cuerpecillo flacucho de Husmeador. Parecía muy asustado.

–Me escapé –dijo, señalando con la cabeza el lugar donde habían acampado los trotamundos.

Luego se acercó a Jorge.

–Me prometiste una bicicleta –le recordó.

–Ya lo sé –dijo Jorge–. Y la tendrás, Husmeador. Si no nos hubieras dejado mensajes, nunca habríamos podido salir de la cueva.

–Y también me dijiste que viviría en una casa desde la que podría ir en bicicleta al colegio –dijo Husmeador con vehemencia–. No puedo volver al lado de mi padre. Me mataría de una paliza. Vio los patrins que dejé en la colina y me persiguió un buen rato por el páramo. Pero no pudo dar conmigo porque me escondí.

–Haremos todo lo que podamos por ti –le aseguró Julián.

Husmeador aspiró por la nariz.

—¿Dónde tienes el pañuelo? —preguntó Jorge.

Lo sacó del bolsillo, limpio y bien doblado, y se lo mostró a Jorge, dirigiéndole una mirada radiante.

—No tienes remedio —dijo la niña—. Oye, si quieres ir al colegio, tienes que dejar de hacer ese ruido tan feo con la nariz y usar el pañuelo. ¿Entendido?

Husmeador asintió, pero volvió a guardarse cuidadosamente el pañuelo bien doblado en el bolsillo.

Entonces el sargento entró en la cantera y el niño echó a correr inmediatamente.

—Es un niño muy gracioso —dijo Julián—. Bueno, como supongo que su padre irá a la cárcel por su intervención en este asunto, Husmeador podrá dejar su vida de nómada y habitar en una casa. Creo que podremos encontrarle un buen hogar.

—Y yo cumpliré mi palabra y le compraré una bicicleta con mi dinero —dijo Jorge—. Se la merece. Fíjate en *Liz*. Está embelesada ante *Tim* y su parche. ¡No te des tanta importancia, *Tim*, solo es una herida!

—¡Husmeador! —le llamó Julián—. ¡Ven aquí! No temas a este policía. Es amigo nuestro y nos ayudará a escoger tu bicicleta.

El sargento se sorprendió al oír lo que decía Julián, pero Husmeador volvió inmediatamente.

–Bueno, ya nos podemos ir –dijo el sargento–. Tenemos lo que queríamos y Wilkins ha ido a avisar que se vigile a los trotamundos. Cuando hayamos aclarado todos los detalles de este asunto de falsificación de billetes ya podremos estar satisfechos.

–Supongo que Wilkins habrá seguido las vías –dijo Julián–. Es muy fácil perderse en el páramo.

–Sí –dijo el sargento–. Ha decidido ser precavido y hacerlo, después de haber escuchado cómo os habíais perdido vosotros. Qué bonito es todo aquí, ¿no? Es un lugar muy tranquilo.

–Sí –dijo Dick– No parece un lugar para misterios... Pero los hay ¡viejos y nuevos! Me gusta que nos hayamos mezclado en este último misterio. Ha sido una aventura muy emocionante.

Regresaron todos juntos a los establos. Ya era la hora de comer y todos tenían el apetito suficiente para hacer honor a la abundante comida que había preparado la señora Johnson. Las chicas subieron a sus habitaciones para lavarse, y Jorge entró en la de Enrique.

–Enrique –le dijo–, te agradezco mucho lo que has hecho por nosotras. Te has portado tan bien como un chico.

–Gracias, Jorge –respondió Enrique, sorprendida–. Tú eres todavía mejor que un chico.

Dick, que pasaba en aquel momento por el corredor, las oyó, se echó a reír y asomó la cabeza por la puerta.

–¡Eh! Guardad para mí alguno de esos piropos. Decidme, por ejemplo, que valgo tanto como una chica...

La respuesta que recibió fue un cepillo y un zapato lanzados con admirable puntería, por lo que echó a correr, riendo.

Desde la ventana de su dormitorio, Ana contemplaba el páramo. ¡Qué apacible se veía bajo el cielo de abril! Ahora ya sin misterio.

–Sin embargo, tienes un nombre muy apropiado para ti –dijo Ana–. Estás lleno de misterios y aventuras. Tu última aventura la reservabas para cuando viniéramos, para compartirla con nosotros. Yo llamaría a esta aventura «Los Cinco en el Páramo Misterioso».

Es un bonito nombre, Ana. También nosotros la llamaremos así.

FIN

ÍNDICE